在藏区，人们坚信人的灵魂不会死去，消失的只是肉体。

当灵魂和现实相遇时，哪个更重要？

气球

Balloon

万玛才旦——著

电影纪念版

山西出版传媒集团 北岳文艺出版社
BEIYUE LITERATURE & ART PUBLISHING HOUSE
·太原·

图书在版编目（CIP）数据

气球：电影纪念版 / 万玛才旦著．－ 太原：北岳文艺出版社，2021.1
ISBN 978-7-5378-6190-8

Ⅰ．①气⋯ Ⅱ．①万⋯ Ⅲ．①短篇小说－中国－当代②电影文学剧本－中国－当代 Ⅳ．① I217.2

中国版本图书馆 CIP 数据核字（2020）第 222064 号

气球

万玛才旦 / 著

//

选题策划
刘文飞
左树涛

责任编辑
刘文飞

书籍设计
张永文

印装监制
郭勇

出版发行：山西出版传媒集团・北岳文艺出版社
地址：山西省太原市并州南路 57 号　邮编：030012
电话：0351-5628696（发行部）　0351-5628688（总编室）
传真：0351-5628680
经销商：新华书店
印刷装订：山西人民印刷有限责任公司

开本：787mm×1092mm 1/32
字数：131 千字
印张：7.5
版次：2021 年 1 月第 1 版
印次：2021 年 1 月山西第 1 次印刷
书号：ISBN 978-7-5378-6190-8
定价：49.80 元

中文版海报

定档版海报

"ENTRE LE POÈME ET LA BERCEUSE INTIMISTE,
UNE SORTE DE MERVEILLE"
SLATE
BALLOON
UN FILM DE PEMA TSEDEN
MOSTRA INTERNAZIONALE
D'ARTE CINEMATOGRAFICA
LA BIENNALE DI VENEZIA 2019
Sélection Officielle
Sélection Officielle
tiff
Toronto International
Film Festival 2019
AU CINÉMA LE 11 NOVEMBRE

法文版海报

第76回
ヴェネチア国際映画祭
オリゾンティ部門正式出品
トロント国際映画祭
上海国際映画祭
最優秀脚本賞
最優秀監督賞
東京フィルメックス
最優秀作品賞
シカゴ国際映画祭
最優秀脚本賞
リスボン&エストリル映画祭
最優秀作品賞
海南島国際映画祭
最優秀長編映画賞
最優秀女優賞
神秘の土地・チベット
変わりゆく時代の狭間で
生きている人たちがいる。
羊飼いと風船
牧畜で生計を立てながら、大草原で暮らす家族。
近代化の波が押し寄せ、長年にわたり受け継がれてきた営みが揺らぎはじめる―
監督・脚本：ペマ・ツェテン　出演：ソナム・ワンモ、ジンパ、ヤンシクツォ　配給：ビターズ・エンド　英題：BALLOON
102分｜中国｜1.85：1（ビスタ）｜チベット語｜カラー｜DCP｜2019年　© 2019 Factory Gate Films. All Rights Reserved.　www.bitters.co.jp/hitsujikai_huusen/
TANG DYNASTY CULTURAL COMMUNICATION, FACTORY GATE FILMS, MANI STONE PICTURES, BEIJING CHINA CENTRAL PLAINS DIGITAL CINEMA LINE, CULTURAL INVESTMENT HOLDINGS IQIYI PICTURES
PEMA TSEDEN SONAM WANGMO, JINPA, YANGSHIK TSO BALLOON MANI STONE PICTURES XIAOWEN ZHAO, HUANG XUFENG, PEMA TSEDEN, JIAN WEI
YANG XIANGHUA HUANG XUFENG, JACKY PANG LIANG YING, SONG JIA WANG LEI LU SONGYE
DAKTSE DUNDRUP LIAO CHING-SUNG, JIN DI PEYMAN YAZDANIAN WANG SHUO TU DUU-CHIH, WU SHU-YAO REDIANCE

日文版海报

目　　录

扫描二维码，观看精彩片段

[导演的话]

这么多年下来，文学成为了我生活的一部分，一些日常的思索、习惯都和文学有关联。随着年龄的增长，文学创作更是成为了我的一种生活方式、一种思维方式，让我无法离开她。

《气球》表现的是我对自己身处的这个世界的感受和思考。我们通常说："时代在变，人们跟着时代在变。"但是在古老的藏文典籍中却有这么一句话："时代不变，只是人们在变。"二者的表述是如此地不一致，因此我也常常在思考这个问题："到底是时代变了，还是人们变了？"这个问题让我感到困惑，不得其解。

我把许多诸如此类的对现实、对人生、对生命、对信仰的思考融入到自己的文字和影像当中，于是就有了诸多不同形式的小说或电影作品。

小说《气球》讲述的是灵魂和现实的紧张关系，这样的紧张关系常常让我陷入一种困境，让我更加地迷惘、无措、孤独、绝望，找不到任何的方向和出路。

我想写作的终极目的不是为某个问题找到一个答案，或者为某种困境找到一条出路，也许把人在某个阶段的困惑和困境表现出来就够了。

除此之外，我们还能做什么呢？

[原著小说]

○
○

达杰翻遍了抽屉，翻遍了枕头底下，翻遍了所有能翻的地方，最后也没有翻到那个玩意儿。

他问她的老婆卓嘎，她说她也没看到。

完事之后，他就骑着他那辆破摩托车上路了。

路上，他远远看见两个小儿子各自牵着一个气球似的奇形怪状的玩意儿在玩。

走到近处，他才看清了那是个什么。他瞪大眼睛问两个儿子："这玩意儿哪儿来的？"

两个儿子也瞪大眼睛互相看了看，没有说话。

跟两个儿子一起放羊的达杰的老父亲瞪大眼睛问："这两个孩子今天一大早就拿着这么个玩意儿玩来玩去的，这是个什么呀？"

达杰继续瞪大眼睛瞪着两个儿子，之后又瞪着老人，没好气地说："这是气球！"

老人有点儿不服气的样子，瞪着达杰说："你想骗谁啊？气球是圆的，这怎么是气球啊？怪模怪样的！"

达杰继续瞪着老人，语气生硬地说："这也是气球！"

老人没再说什么，转过头去，嘴里突然冒出了一句经咒："嗡嘛呢叭咪吽！"

"嗡嘛呢叭咪吽"是观世音菩萨心咒。老人不识字，念不了太多其他经文，平常喜欢把这句挂在嘴边。别人问他你就不会念点别的经文吗，他总是笑着说："这就够了，所有的经文就包含在这里面了。你能念够一亿遍，你也就算是备好了去那个世界的资粮了。"

达杰知道这也是老人表示不满意的方式之一。他没理老父亲，自己点了一支烟，站起来继续瞪大眼睛把两个孩子手上的玩意儿一一弄破了。

那两个玩意儿相继发出"噗噗"的声音，恢复了它们本来的面目，变成两块很小的蔫不拉几的东西，萎缩在了那儿。它们原来是两只安全套。

两个孩子眼睁睁地看着他们的玩意儿突然之间变成了另外的他们不想看到的什么东西，突然间放开嗓门哭了起来。

老人这次没有念六字真言，直接扭过头来瞪着达杰问：“你干吗把小孩子的玩意儿给弄破了？”

达杰瞪大眼睛没说话，笑了笑继续抽烟。

两个孩子揉着眼睛继续哭，声音更大了。

老人继续瞪大眼睛问达杰：“我说你没事把小孩子的玩意儿弄破干吗？”

达杰没好气地看着老父亲说：“那不是什么好玩意儿！”

老人问：“那你刚才不是说那是气球吗？气球怎么不是好玩意儿了？”

达杰想了想，不知道该怎么解释，最后说：“那不是小孩子玩的气球，你不懂！”

老人有点儿咄咄逼人的样子，继续问：“那你的意思是说那是大人玩的气球吗？”

达杰这时忍不住“呵呵”地笑了。

老人瞪着他问：“你说说那是个什么玩意儿？”

两个孩子这时哭着嚷起来了：“就是气球，就是气球！”

看老人还在瞪着自己，达杰只好哄两个孩子说：“好了好了，下次我到县城给你们一人买一个彩色的气球，比这个好玩多了。”

两个孩子继续哭着，问：“你说的是真的吗？”

这时，达杰笑了，看了看老父亲说：“真的，阿爸说话算话，不会骗你们的。”

两个孩子这才破涕为笑，眼泪鼻涕抹了一脸。

老人又念了一遍六字真言：“嗡嘛呢叭咪吽。”这也是平常他用来转换情绪的一种方法，就看他用什么语气念了。老人这时的语气变得缓和了。

老人拨了一粒念珠之后问达杰：“你是去邻村借种羊吗？”

达杰说：“是，这次去借个好种羊。”

老人会意地笑了。

达杰看着老人手上的念珠问：“你快念够一亿遍了吧？”

老人的脸上充满了一种满足感，说：“快了，快了。”

之后，他们又随便聊了几句。

之后，达杰就发动那辆破摩托车上路了。摩托车发出“隆隆”的声响，后面冒出了浓烟。

摩托车开出很远，老人还在后面喊：“去了一定要借只优质的种羊回来啊,那些一般的种羊都不顶什么用。”

天快黑时，达杰已经站在邻村朋友家的羊圈边上了。

朋友看着羊圈里的几只种羊说：“今年我买了几只新疆种羊，听说很不错，你也带一只回去试试吧。”

达杰也看着那些种羊说：“新疆种羊肯定不错，这两年我的羊群在退化，正需要好好改良改良。”

新疆的种羊看上去很壮硕，蠢蠢欲动地跟在一些母羊后面跑来跑去的，显得骚动不安。它们下垂的睾丸都用一块脏得都快看不清颜色的布紧紧地裹着。

晚上他俩喝了不少酒，聊了不少事情。

第二天一早，达杰的朋友就带达杰到了羊圈边上。达杰的朋友也是个壮硕的男人，他指着羊圈里的几只新疆种羊说："你自己随便挑一只吧。"

达杰看着那几只种羊，不知道该挑哪只，嘴里说："这些新疆种羊都很好，不知道该挑哪只呢。"

达杰的朋友满意地笑着，似乎达杰夸的是他。

达杰最后选中一只种羊，指给朋友看。朋友就让自己的儿子进羊圈捉那只种羊。朋友的儿子也是个壮硕的家伙，他在羊圈里追来追去追了好几圈才捉住了那只种羊。那只种羊看上去很威猛，几次差点儿从小伙子手中挣脱。

朋友看着达杰说："你的眼力真是不错啊，那只种羊是我花大价钱买的，居然被你一眼就看中了。"

达杰谦虚地笑了笑说："你这会儿是不是有点儿舍不得了啊？"

朋友说："要不是我昨晚喝多了你的酒，我肯定不会把这只借给你的。这只我是打算自己用的。但既然话已经说出去了，你就拿去先用吧。"

达杰往摩托车后座上绑那只新疆种羊时，朋友的老婆和儿子还在旁边有点儿不情愿地看着种羊。

达杰返回家里时才上午九点多。

达杰把新疆种羊从摩托车后座上取下来放在地上时，那只种羊有点儿站不稳脚跟的样子。但一会儿之后就马上恢复正常了，精神抖擞起来了。

老人跑出来看种羊。他前前后后地看了几遍，很满意地点头。

达杰说："这是新疆种羊，听说很厉害。"

老人走过来拿掉裹着种羊下体的那块脏布，使劲地捏了一把种羊的睾丸，说了声："真不错！"

种羊似乎被捏疼了，发出了一声怪叫，退后一步冲过来，把老人给撞倒了。达杰马上拉住了种羊。

老人没有爬起来，只是看着种羊不住地点头，露出很满意的样子，突然间嘴里冒出一句"嗡嘛呢叭咪吽"，然后说："这种羊真是不错啊！"

达杰笑着把种羊拉过去拴在了旁边的木桩上。

这时，两个孩子也跑过来问达杰："阿爸，你给我俩买的彩色气球呢？"

达杰看着两个孩子说："阿爸这次没去县城，等下次去一定给你们买上。"

这时，老人也从地上慢慢爬起来了，慢吞吞地说："这新疆的种羊就是不一样，以前只是听说过，现在见了果然名副其实啊。"

达杰听到这话很高兴，似乎老父亲夸的不是种羊，而是他。

老人从旁边的屋里拿来一块崭新的红布说："现在得把种羊的睾丸给裹住了，这样配种的时候才有力量。"

达杰说："不是原来就有吗？干吗用块新布？"

老人说："你看那块布多脏啊，得用块好布，得图个好兆头。"

达杰看着老人笑了笑，没再说什么。

之后父子俩就用那块红布把新疆种羊的睾丸给重新裹了起来。被柔软的新布裹住睾丸的种羊显然很不适，一下子坐立不安起来。

达杰的老婆卓嘎从屋里出来了，故意提高嗓门干咳了两声。达杰父子俩的脸色立即严肃起来，老人的嘴里又念起了六字真言。

卓嘎不看他俩，也不看新来的种羊，看着前面的什么地方说：“早饭好了。”

达杰对老人说：“阿爸，你先进屋吧。”

待老人进屋之后，达杰笑嘻嘻地看着卓嘎，指了指种羊说：“看看，这次这只种羊怎么样啊？”

卓嘎也看着种羊嘻嘻地笑，说：“看上去跟你一样！”

达杰笑了笑，说：“我怎么能跟这只种羊比，这是新疆的种羊，是最好的种羊。”

卓嘎过去给拴在另一边的那只母羊喂水。那只母羊是只老母羊，一副没精打采的样子，喝了两口就停下了。老母羊也偶尔看看新来的新疆种羊。新疆种羊也不时地看看那只似乎对它毫无兴趣的老母羊。

达杰看着老母羊说：“这家伙已经连续两年没产羊羔了，看来也产不出羊羔了。”

卓嘎有点儿担心地说：“可是，它还挺听话的。”

达杰说：“听话有什么用？它产不出羊羔就说明它没用！”

卓嘎拿眼睛瞪自己的丈夫，达杰有些不好意思起来，没话找话地说：“你看给它喂水它也不喝。”

这时，老母羊像是好几天没喝水似的把盆子里的水喝了个精光，看着达杰和卓嘎。

卓嘎看着达杰笑。达杰看着老母羊说：“这家伙好像能听懂我的话。”

卓嘎继续笑。这时，达杰却一本正经地说：“过一个月咱们就得把它卖了，去交江洋下学期的学费生活费了。”

卓嘎停下笑，没有说话，过去又拿来一瓢水，倒到母羊前面的盆子里，看着母羊。这次，母羊没有喝，好像故意给达杰看。

羊圈外面传来一个男人的声音：“喂，达杰，你在干吗啊？”

达杰抬头看，是乡卫生所的索南扎西，就指着拴在一边的新疆种羊说：“噢，我从朋友那里借了一只种羊，这几天准备给母羊们配种呢。”

索南扎西看了一眼说：“噢，是只新疆种羊吧，听说新疆种羊很好啊。”

达杰看了一眼老婆卓嘎，笑着说：“听说不错，听说不错。”

索南扎西也笑着说：“那就好，那就好！”

说完准备走。卓嘎叫住他说：“周措大夫这两天在吗？怎么没看到她啊？”

索南扎西说：“她在呢，她这几天比较忙。怎么，你要看病吗？”

卓嘎答非所问地说：“噢，我就是问问。”

索南扎西“噢”一声之后就走了。

索南扎西走远后，达杰突然问卓嘎：“你问周措大夫干什么？”

卓嘎赶紧说：“哦，没什么。”

早饭之后，卓嘎就一个人去了乡上的卫生所。

索南扎西正在给一个病人看病。索南扎西让卓嘎坐在旁边的凳子上等。

卓嘎四处望了望，问索南扎西：“你不是说周措大夫在吗？她去哪儿了？”

索南扎西也不看她，说：“她出诊去看一个病人了，等会儿就回来，你先坐会儿吧。”

卓嘎“呀”了一声，不再东张西望了。

索南扎西给那个病人开了药，仔细交代了一番。

病人走后，索南扎西问卓嘎：“你哪里不舒服？我可以帮你看看。”

卓嘎有点儿不好意思地说:“你不能看,是女人的病。”

索南扎西笑着说:“女人的病我们男大夫也可以看啊，谁说女人的病就只有女大夫能看？”

卓嘎笑了笑说：“我还是等等周措大夫吧。”

索南扎西有点儿不高兴的样子，说：“看看你们，都什么年代了，思想还这么保守。”

卓嘎只是笑着不说话。

索南扎西就不理她了，拿起一本杂志随便翻看着。

周措回来后跟卓嘎打招呼，没等卓嘎开口，索南扎西就抢先说：“她在等你看病呢。”

周措说：“那你怎么不帮她看看呢？”

索南扎西“哼”了一声，有点儿不高兴地说：“她说是女人的病，不让我们男大夫看，非要让你看不可！”

周措看着卓嘎笑了笑，说：“明白了，明白了。”

卓嘎有点儿不好意思的样子。周措看着索南扎西说：“既然人家不愿意让你看，你还赖在这里干什么？这会儿你就不知道主动回避一下吗？”

索南扎西又“哼”了一声说：“有什么大不了的，我又不是没见过女人！”

周措笑了，看着索南扎西说：“你就别吹了，到现在连个媳妇都没娶上，你还吹什么！”

说完，周措和卓嘎都笑了起来。

索南扎西涨红了脸说：“没娶媳妇不等于没见过女人！我是怕娶了个媳妇连最后那点儿自由也没有了！”

周措和卓嘎继续笑。

索南扎西从抽屉了拿了一包烟出去了，关上了门。

屋子里只剩下卓嘎和周措。

周措这时看着卓嘎说：“说吧，你怎么了？”

卓嘎犹豫了一下，说：“我想做结扎手术。”

周措说：“咳，我还以为是什么大不了的事呢。”

卓嘎不说话了。周措突然问：“你怎么突然想到做结扎手术了？”

卓嘎这才说：“结扎了省事，不用再提心吊胆的。”

周措笑着问：“不是给你们免费发了安全套了吗，也很省事啊，怎么不用啊？”

卓嘎说：“用完了，最后两个还被小孩偷去当气球玩了呢。”

说完，自己也忍不住笑了起来。周措也笑着说：“你家那口子是只种羊吗？是不是到发情期了？发了那么多还不够！”

卓嘎不好意思地笑着，压低声音说：“他这两年变得差不多和年轻时一样了，没个够，我也不知道怎么了。”

周措笑着说：“你是不是让他吃了什么不该吃的好东西了？”

卓嘎也笑着说：“什么不该吃的好东西？”

周措继续笑着说：“我怎么知道啊？”

卓嘎说：“没吃什么东西，就是偶尔吃点羊肉。除此之外，我们还能有什么好吃的！”

周措说：“听说羊肉那东西很补啊，你最好让他少吃点。”

卓嘎说：“他就爱吃羊肉，我有什么办法。”

两人就笑起来。之后，卓嘎又问：“你什么时候给我做？”

周措想了想说：“下个月吧，正好你们村的几个妇女也要结扎，就一起做掉吧。”

卓嘎说：“好吧。”

周措又笑着说：“要不给你先上个环？”

卓嘎问：“环？”

周措说：“是啊，环。好上，今天就可以给你上了，也保险。”

卓嘎说：“那个就算了。上次旺加媳妇上的那个东西不小心掉了，她家小女儿还当戒指戴着呢，被村里人笑话，羞死人了。”

周措就大笑起来，问：“真的假的？”

卓嘎也笑着说：“当然是真的。”

周措笑着说："那就算了，那就算了，那个东西确实有点儿不保险。"

卓嘎笑着看周措，欲言又止的样子。

周措停住笑看着卓嘎说："你还有什么事吗？要是没事了，得让索南扎西进来了，要不他会以为咱俩在搞什么鬼呢。"

卓嘎这才说："能再给我几个那个吗？"

周措故意问："什么那个？"

卓嘎有点儿不好意思地说："就是那个，免费发的那个，还能是哪个？"

周措这才恍然大悟似的说："哦哦，明白了，直接说嘛，这年纪了，还像个小姑娘似的。"

卓嘎说："我就是说不出口。"

周措说："早就发完了，没货了，下次到了多给你几个。"

卓嘎说："那我回去了。"

卓嘎准备走时，被周措叫住，打开自己的抽屉，从里面翻出一个安全套，说："这儿还有一个呢，你要吗？"

卓嘎笑着："一个有什么用呢？"

周措也笑着："拿着吧，万一有用呢？这还是留给我自己的呢。"

卓嘎笑着问："那你自己不用吗？"

周措说："这段时间我用不着。你到底要不要？不要我就给别人了。"

卓嘎就赶紧把那东西装进了口袋里。

达杰和卓嘎的大儿子叫江洋，在县城上初中，这会儿也放暑假回来了。回来的路上遇见了正在外面放羊的爷爷和两个弟弟。

老人见了江洋很高兴，抓住他的手问："江洋回来了，放假了？"

江洋说："放假了，我可以在家里待一个月。"

老人继续问："好好，在学校里没吃苦吧？"

江洋说："没有，没有吃苦。"

老人又仔细看了看江洋，说："没吃苦就好，不过有点儿瘦了。"

两个弟弟看着江洋问："带了什么好东西？给我们看看！"

江洋笑着从书包里拿出一本连环画给了两个弟弟。

两个弟弟说："没给我俩买什么吃的吗？"

江洋说："哥哥没钱，等以后有钱了再给你们买很多很多好吃的。"

然后又看着爷爷说："给爷爷也买很多很多好吃的。"

老人也笑。江洋就翻了一下连环画，说："这个很有意思。"

两个弟弟就接过去，饶有兴趣地翻看着。

翻了一阵之后，三弟问："这小人书里面讲的什么故事呀？"

江洋说："这个故事叫《和睦四兄弟》，这个学期我们学校还排练过这个节目呢，我演里面的兔子，可有意思了。"

二弟问："这个故事讲什么呀？"

江洋说："这样吧，我教你们怎么演吧，这样你们就知道讲什么了。"

两个弟弟一起“呀呀”地喊起来。

江洋看着他俩说：“要是还有一个小孩就好了，这个故事需要四个小孩来演，现在咱们三个小孩怎么演啊？”

三弟指着老人说：“让爷爷演嘛。”

老人摇了摇头，说：“你们玩，我不玩。”

江洋也对老人说：“爷爷，咱们一起玩吧，你演大象，很有意思的。”

老人坚决地说：“这是小孩玩的，我不玩。”

三弟说：“阿爸还说你越老越像个小孩呢，跟我们玩吧。”

老人瞪着小弟弟，问：“他什么时候说的？”

三弟笑着说：“你跟我们一起玩，我就给你说。”

江洋也说：“爷爷，你就演大象吧，跟我们一起玩玩嘛。”

老人见推脱不掉，只好笑着说：“好吧，好吧。”

江洋把他们三个叫到跟前，很认真地说：“那你们要听我的话啊，我说什么，你们就得做什么。”

两个弟弟点头，爷爷也跟着点头。

江洋到处看了看，最后选了一个有树的地方。之后，江洋说：“很久很久以前，一只大象、一只猴子、一只兔子、一只鹦鹉先后来到了一片非常美丽的草地上，那片草地上有一棵很高大的结满果实的树。过了一段时间，他们想结拜为兄弟，但不知道谁大谁小，于是他们就一个个地讲述到这儿时这棵树的大小。”

然后看着老人说：“爷爷，你是故事里面的大象，这是你现在要说的话，‘我到这片草地时，这棵树已结出了果实，我在底下还吃过果子呢’。”

说完，问老人：“爷爷，你记住你要说的话了吗？”

老人说：“记住了，这个故事我知道。”

江洋说：“那你说一遍。”

老人就又说了一遍。

江洋说：“好，没有错，爷爷你要记住你要说的话啊。”

然后指了指自己的鼻子说：“我演的是兔子，我说的话是‘我到这儿时，树已经长高了，但没有结出果实’。”

然后转向二弟，说：“记住你是猴子，你要说的话是‘我到这儿时，这棵树很小，只有一些枝丫’。”

之后又问他：“记住了没有？”

二弟说：“记住了，太简单了。”

江洋说：“那你把自己的话说一遍。”

二弟又说了一遍，一字不差。江洋夸完他之后转向三弟，说：“记住你是鹦鹉，你要说的话是‘我到这儿时，这棵树只是一棵小小的幼苗，我还在上面撒过几次尿呢’。”

之后，江洋突然问三弟：“你是谁？”

三弟不假思索地回答：“我是鹦鹉。”

江洋又问：“你要说的话是什么？”

三弟想了想说：“我到这儿时，这棵树只是一棵小小的幼苗，我还在上面撒过几次尿呢。”

说完，三弟笑了，江洋说：“好，你念对了。”

三弟“嘻嘻”地笑了一声，说：“真好笑，鹦鹉还会尿尿吗？”

江洋瞪了他一眼说：“你别管，书上就是这么写的。”

三弟问：“书上写的都对吗？”

江洋说："书上写的当然对了，要不然我们学那个干吗？"

小弟弟就说："那好吧。"

江洋看着他的三个演员问："你们记住自己要说什么了吧？"

他们齐声说："记住了。"

然后江洋说："就这样，它们分出了长幼，依次结拜为兄弟，大象背着猴子，猴子背着兔子，兔子背着鹦鹉，互相尊敬，过起了美好的生活。"

这时，老人像是突然想起什么似的说："我应该演鹦鹉才对，现在反了，我演大象我倒成了最小的了。"

吃晚饭时，卓嘎特意煮了一锅羊肉。卓嘎把羊肉捞出来放在饭桌上说："江洋，你和弟弟、爷爷，你们好好吃吧。"

达杰斜眼看了一眼卓嘎，说："怎么，你的意思是我不要吃吗？"

卓嘎也斜眼看着他说："你就少吃点儿吧。"

达杰说：“为什么？”

卓嘎说：“没什么，就让孩子和老人多吃点儿。”

江洋这时拿起一块肉给了达杰，看着阿妈说：“阿爸也吃吧，这么多羊肉，我们吃不了那么多。”

达杰笑了，说：“主要是你们要吃，主要是你们要吃。”

几个男人正在吃羊肉时，卓嘎的妹妹也来了。卓嘎的妹妹叫香曲卓玛，她在附近的一个尼姑寺当尼姑。大家都站起来迎接他，问候她。

卓嘎握住香曲卓玛的手问：“在寺院没吃苦吧？”

香曲卓玛笑着说：“没有没有。”

卓嘎又问：“你怎么这个时候来了？”

香曲卓玛说：“今年秋天我们要翻修寺院的大殿，寺院的尼姑都要去化缘，我听说今天江洋放暑假了，就来了，我需要他帮我。”

老人说：“好事，好事，这是好事。”

之后又看着达杰说：“家里一定要多捐点儿。”

达杰也说：“阿爸，这还用说吗？咱们家捐得多，别人家才会多捐的。”

香曲卓玛笑着说："明天开始，我就要挨家挨户去化缘，江洋要帮我登记什么的，我一个人忙不过来。"

卓嘎说："江洋也没什么事，就让他帮你吧，也算为自己积德了。"

两个孩子说："我俩也去。"

卓嘎说："好好，你俩也去。"

老人接着说："明天我先带江洋去村里的嘛呢寺替他奶奶点上几盏酥油灯，这一个月来我梦见他奶奶几次了，有一次还问起了江洋。"

江洋对老人说："好好，咱俩先去嘛呢寺。"

两个弟弟也说："我俩也要去。"

老人看着他俩说："好好，你俩也去点酥油灯。"

香曲卓玛看着江洋说："江洋，你脖子上那个很大的黑痣还在吗？你一生出来，你阿妈卓嘎就认出来了，和你奶奶脖子上的黑痣一模一样，真是很神奇啊。"

江洋说："还在呢，好像还变大了。"

卓嘎笑着说："因为你也长大了嘛。"

两个孩子看着江洋说："哥哥，让我俩看看那个痣吧。"

江洋说："晚上睡觉时再让你们看。"

睡觉前，两个孩子很好奇地看了江洋脖子上的黑痣，想了想之后问老人："爷爷，哥哥真的是奶奶的转世吗？"

老人说："当然是啊，这还用问吗？"

两个孩子又问老人："如果哥哥是奶奶的转世，那我俩是谁的转世呢？"

老人被逗笑了，说："你们还没有确认是谁的转世，但肯定是六道轮回之中的某一个生灵的转世啊。"

三弟说："那我做你的转世吧，那样你对我也会像对哥哥江洋一样好的。"

老人瞪了他一眼，说："我还没死呢，转什么世啊？"

两个孩子有点儿不解地看着老人。

吃了早饭，他们就去了嘛呢寺。

他们把酥油灯点着之后，双手合十站在佛像前。老人一阵念念有词之后，闭着眼睛祈祷着。一会儿之后，又对三个孩子说："现在你们也可以祈祷了。"

三个孩子也闭上眼睛像模像样地祈祷，之后睁开眼睛看着老人。老人开始磕头。他们也跟着磕起头来，故意把额头撞在木地板上，发出“咚咚”的响声。

走出嘛呢寺时，太阳已经升起老高了。两个孩子问老人：“爷爷，你刚才是怎么祈祷的？”

老人笑着说：“我对你们的奶奶说你的转世江洋来给你点酥油灯了，你不用再牵挂了。”

两个孩子又问：“那你没说我们俩也来给她点酥油灯了吗？”

老人大声地笑着：“也说了，我说你的两个小孙子也来给你点酥油灯了。”

两个孩子就高兴地笑，笑完之后，又突然问：“这样祈祷奶奶能听见吗？”

老人说：“当然能听见，只要你说心里话就能听得见。”

两个小孩“哦”了一声。

老人问两个小孩：“那说说你们俩怎么祈祷的？”

两个孩子看着江洋说：“哥哥先说。”

江洋看了看老人说：“其实我也没说什么，我就说我在学校里一切都很好，学习成绩也很好，请奶奶放心。”

老人又看三弟，三弟说：“我祈祷奶奶提醒阿爸到时不要忘了给我们买气球。”

老人瞪了他一眼之后问二弟：“你呢？”

二弟想了想，看着三弟说：“我跟他的一样。”

老人随后骂了一句：“没出息，要知道是这样，就不带你俩来了。”

回去的路上，江洋问老人：“爷爷，我真的是奶奶的转世吗？”

老人看了一眼江洋说：“当然是啊，这还用问吗？你妈生下你时，我看见你脖子上那颗跟你奶奶脖子上一模一样的黑痣，我就知道是你奶奶的转世了。后来为你奶奶作法时，顿珠活佛也证实了这一点。”

江洋又问：“我怎么一点儿也不知道呢？”

老人说：“你长大了当然就不知道了，你刚会说话时还经常说一些你奶奶生前的事呢。”

江洋说：“我怎么一点儿也不记得了？”

老人说：“人越长大，就越容易会失去一些灵性的东西。”

卓嘎和尼姑妹妹香曲卓玛坐在炕上聊天时，香曲卓玛无意间在枕头底下发现了卓嘎从卫生所要来的那个安全套。

香曲卓玛拿起那个东西看了看问："这是什么？"

卓嘎从香曲卓玛手里抢过那个东西，笑着说："给我，快把那个东西给我。"

香曲卓玛看着卓嘎手里的那个东西，一脸好奇，问："快说啊，这到底是个什么东西？"

卓嘎暧昧地笑，不说话。

香曲卓玛又问："快告诉我，那是个什么东西？"

卓嘎这才凑过身子对着香曲卓玛的耳朵嘀咕了几句。香曲卓玛立即从姐姐身边逃开，显出很害羞的样子，嘴里发出"呸呸"的声音，不敢在姐姐面前抬起头来。

卓嘎就赶紧把那个东西给塞到枕头底下了。

香曲卓玛还是不解地看着那个地方，卓嘎起身出了屋子。

江洋回来之后，就和香曲卓玛去村里挨家挨户地化缘。村民都力所能及地捐一些钱和物，还说修建寺院大殿时一定去帮忙。香曲卓玛似乎有些意外地对江洋说：“没想到村民们还是那样热情，没太大变化。”

他俩回到家时，江洋看见父亲和爷爷在羊圈里忙乎着，就过去帮忙了。待香曲卓玛进屋之后，达杰就把那只新疆种羊牵到了羊圈里。羊圈里的羊们显得有些不安，受了惊吓的样子。新疆种羊看见羊圈里的母羊们骚动不安起来。一些胆子大的母羊也主动过来谨慎地闻一闻新疆种羊身上的气味，又马上不安地离开了。

新疆种羊又盯着那只拴在羊圈边上的被喂养起来准备卖掉的母羊看，还发出“咩咩”的叫声。那只母羊有点儿惊慌，不敢看新疆种羊。

这时，达杰拉住新疆种羊笑着说：“这是个不中用的家伙，这个就不用你费力了，等会儿你好好发挥了就行了。”

老人也呵呵地笑着，看着新疆种羊。

江洋看了看那只拴着的母羊，又看看急不可耐的新疆种羊，又看了看父亲和爷爷的样子，脸上也露出一种奇怪的表情。

达杰看着老父亲说："阿爸，现在放开它吗？"

老人说："再等一会儿吧。"

他们就又等了一会儿。新疆种羊显得更加骚动不安。它看上去急于想挣脱拴住它的绳子，冲到羊群里。

老人终于解下围着种羊下体的那块红布，拿在手上看了看。那块红布脏兮兮的，沾满了种羊自己的精液。之后，老人就说："放开它吧。"

达杰放开了新疆种羊。

新疆种羊一下子挣脱达杰手里的绳子，万般饥渴地冲向羊群。

达杰和老人，还有江洋怔怔地看着冲进羊群的新疆种羊。他们看见新疆种羊跟在几只母羊后面，闻着他们的屁股。最后，新疆种羊跟定了一只母羊，追逐着那只母羊。新疆种羊在羊圈里把那只母羊追来追去的，有几次准备把前腿搭在母羊的身上，都没有成功。最后，新疆种羊终于把前腿搭在了母羊的身上，做出攻击的样子。

三个男人张大了嘴巴，一开始脸上的表情很严肃，慢慢露出了笑容。

屋里两个小孩子正趴在窗户边上，透过窗户的格子看外面羊圈里种羊配种。

过了一会儿，三弟说："看，哥哥你看，新疆种羊趴到那只母羊身上了。"

卓嘎和香曲卓玛这时正在做饭，听到孩子说话，就走过去看了一眼说："过来，小孩子不许看这个。"

两个孩子还是赖着不动。

卓嘎揪着两个孩子的耳朵，把他俩拉到锅台边上，让他俩帮着烧柴火。

烧了一会儿，二弟问："阿妈，阿爸他们把那只新疆种羊放到咱们家的羊群里是干什么呀？"

卓嘎看着香曲卓玛，笑了笑说："小孩子不许知道这个。"

说完，尼姑妹妹也笑了起来。

连续配了两三次之后，新疆种羊身上那种蠢蠢欲动的劲儿几乎没有了，它只是站在离母羊们较远的地方，显出疲惫的样子。偶尔跟在几只母羊后面闻一闻，很显然也没有那么高的兴致了。偶尔几只母羊还主动过来闻一闻新疆种羊，用头蹭一蹭它，它也不怎么理它们。

趴在窗台后面的两个孩子也看着外面说："新疆种羊现在看上去好像很累很累的样子,也没有什么精神啊。"

卓嘎过来揪着他俩的耳朵说："去，你俩去炕上玩。"

两个孩子就乖乖地去炕上了。在炕上玩时，二弟无意间在枕头底下发现了那个安全套。二弟惊喜地碰了一下三弟，偷偷给他看。三弟看了一眼那东西，又看了一眼在锅台边上忙乎的卓嘎和香曲卓玛。

卓嘎看着他俩的样子问："你俩又在搞什么鬼啊？"

他俩说了声"没什么"，互相使了个眼色，赶紧把那个东西塞进裤兜里，起身从炕上下来了。

卓嘎盯着他俩问："你俩去哪里？"

两个孩子几乎异口同声地说："我俩出去玩。"

两个小孩出去时，看见父亲达杰走过去捉住了新疆种羊。之后，他让江洋捉住了一只母羊。母羊显得惊慌失措。达杰把新疆种羊往那只母羊旁边拉，老人也过来帮忙。新疆种羊有点儿抗拒，但最后还是被拉到了那只母羊旁边。

三个男人很吃力地让新疆种羊跟那只惊慌失措的母羊交配。之后，他们放了那只母羊。母羊惊慌失措地跑进羊群里，回过头看着新疆种羊和三个男人。

达杰又让江洋去捉另一只母羊。母羊们似乎都受惊了，到处跑。江洋在羊圈里到处追那只没有捉到的母羊。

达杰有点儿生气，让老人牵住新疆种羊，过去帮江洋捉那只母羊。江洋轻轻地走到那只母羊后面，一伸手抓住了母羊的后腿，但自己摔了一跤，母羊一蹬腿就跑掉了。

达杰看着很生气，跑到母羊前面从前面堵住母羊，看着摔倒在地上的江洋说："快起来，快起来捉住它！"

江洋慢吞吞地爬起来，走过去伸手抓住了那只母羊的后腿。

达杰看着儿子笑，说："抓紧了，不要让它再跑了，就剩这几个了，配完之后咱俩今天下午就得把种羊给人家送回去了，就没有机会了。"

说完，过去帮江洋把母羊拉到了新疆种羊旁边。他们强迫新疆种羊跟那只母羊交配。

两个孩子还站在原地看这些。达杰突然看见了他俩，对着他俩喊：“看什么看，快去玩去！”

两个孩子就一溜烟跑了。

达杰看上去也显得有些疲惫，他看着老父亲说：“我看也差不多了，今天得把人家的种羊送回去的，说好只用两天的，咱们得说话算话，明年还得求人家呢。”

老人看了看羊群说：“也差不多了，还回去吧，明年的羊羔肯定好。”

达杰看了一眼江洋说：“你也跟我去吧，这次还得带上一只母羊呢。”

午饭之后，他俩就上路了。路上，达杰又看见两个小儿子在路边鬼鬼祟祟地说什么，就停下摩托问：“你俩在干吗？像个贼似的。”

两个小孩其实在商量该怎么处理那个安全套，看见父亲就赶紧藏起来说：“没干什么，我俩在玩呢。”

达杰瞪了他俩一眼，说：“你俩等会儿早点回去，下午还得跟爷爷一起去放羊。

两个小孩赶紧说："呀呀。"

达杰加了油门，看了一眼在后座上和母羊绑在一起的江洋说："抓牢啊，不要掉下来了。"

新疆种羊被夹在车把和达杰的肚皮之间，看上去很难受，但是它却一动也不动，似乎很舒服，也许是太累了吧。

两个孩子看着他们滑稽的样子就笑了，然后问："阿爸，你这次去县城吗？"

达杰想也没想就说："不去不去，我俩去还人家的种羊呢，哪有时间去？"

三弟很认真地说："万一去了，不要忘了给我俩买真正的气球啊。"

达杰没理他俩，一溜烟跑开了。

待摩托车的声音完全消失之后，二弟从裤兜里掏出安全套说："这个怎么办？"

三弟想了想说："那天咱俩玩拿这个做的气球的时候，多杰那家伙不是很羡慕吗？他当时想拿他的哨子换，咱俩去找他，看看他还想不想换吧。”

二弟马上说：“好，这个主意好，咱俩去找他。”

两个孩子到了多杰家门口，看见他们家的大门敞开着，就对着大门喊：“多杰，多杰。”

门口的狗突然站起来，把铁链拉得哗哗响，“汪汪”地叫了起来。

二弟看见狗有点儿胆怯，说：“这狗不会挣断铁链冲过来吧？”

三弟说：“要是跑过来，咱俩也跑。”

二弟看了一眼三弟说：“要是追上了，你还跑得过狗吗？”

三弟说：“别管那么多了，把多杰喊出来，换了东西就走。”

之后，他“多杰，多杰”地叫了起来。

不一会儿，从大门里出来一个跟他俩差不多的男孩，问：“你俩找我干什么？”

二弟直接问：“你那个哨子还有吗？”

男孩从兜里拿出哨子，吹了吹，说：“怎么了？”

二弟说:“你那天不是想拿哨子跟我们的气球换吗？”

男孩问：“你们的气球呢？”

二弟从兜里拿出那个安全套说：“在这儿呢。”

男孩走过来，仔细看了看安全套，说:“这是什么呀？这怎么是气球啊？”

三弟说：“把它吹起来就是气球了。”

男孩说：“那你吹给我看。”

三弟就撕开包装，对着嘴吹了起来。

越吹越大，开始有了气球的样子，怪模怪样的。

男孩笑了，说：“呵呵，还真是个气球啊！”

两个孩子得意地笑，然后看着多杰问：“换不换？”

男孩不假思索地说：“换。”然后把哨子给了他俩。

两个孩子也把“气球”给了多杰，说:“不许后悔啊！”

男孩说了声“好”之后，就举着“气球”跑进家里去了。

两个孩子说了声“快走”，就吹着哨子沿着来时的土路跑起来了。

达杰的朋友很满意达杰作为回报送给他的那只母羊。

达杰也极力地赞美朋友借给他的新疆种羊如何威猛，如何厉害。朋友惬意地享用着达杰的那些赤裸裸的、很直接的赞美，好像赞美的对象不是新疆种羊，而是他自己。

之后，他俩喝了很多酒。喝得微醉时，达杰的手机响了。达杰让儿子江洋接电话。

江洋接了电话之后，眼睛直愣愣地看着父亲达杰的脸，说不出话来。

达杰随口问："怎么了？"

江洋开始紧张地喘气，还是说不出话来。

达杰的朋友看着江洋的样子，也盯着他看。

达杰推了一把江洋，问："到底怎么了？"

江洋这才结结巴巴地说："爷爷没了，下午放羊时从山上摔下来死了。"

达杰的酒似乎一下子醒了，问："什么？"

江洋说："爷爷死了。"

达杰和江洋赶到家里时已是黄昏时分，几个喇嘛在为亡人念经做法事，村里的一些亲戚朋友在念六字真言，气氛很悲凉。达杰似乎不太相信这突如其来发生的事，脸上一副莫名的表情，也不跟任何人打招呼，就直接跑进了父亲的卧室。卧室里有点儿昏暗，炕上的一个方桌上点着一盏酥油灯，酥油灯也快灭了。达杰坐在炕沿上，看着那盏快要灭了的酥油灯，流出了眼泪。

办完丧事，达杰和江洋就去了寺院。

达杰给活佛献上了丰厚的供养之后，请求活佛超度父亲的亡灵。活佛闭上眼睛，念了一些经文之后，睁开眼睛说："现在你们可以回去了。"

达杰似乎有话要说，犹豫了一下之后，终于开口问活佛："仁波切，我父亲的灵魂会转世到什么地方？"

活佛看着他问："你阿爸是属什么的？"

达杰说："属马。"

活佛又闭上了眼睛，还不时地拨动手里的念珠。达杰和江洋就蹲在那里，静静地看活佛脸上表情的变化。

过了一会儿，活佛突然睁开眼睛说："老人会再次投胎转世到你们家里。"

达杰一脸不解的样子。

活佛又补充似的说："时间是今年。"

达杰更加不解了。

活佛在一张纸条上写上一些经文的名字，笑着说："回去找个僧人念念这些经文吧，老人很快就回来了。"

达杰的脸上是更加疑惑不解的样子，想问什么，又终于没有说出口。

晚上，达杰把活佛说的话告诉了卓嘎。

卓嘎说："不可能，三个孩子还这么小，家里又没有其他女人，这怎么可能呢？"

达杰说："我也这么想，可是活佛就是那样说的啊。"

卓嘎说："你当时没把家里的情况告诉活佛吗？"

达杰说："我怎么说？难道我对活佛说你说的这样的事情不可能发生吗？"

卓嘎没再说什么。

第二天一早，达杰就去还做法事时从别人家里借的一些东西。回来看见老婆卓嘎坐在门口若有所思的样子，就问："你在想什么？"

卓嘎看了一眼达杰，一副欲言又止的样子。

达杰又问："你怎么了？"

卓嘎磨蹭了一会儿，最后说："给你说个事。"

达杰问："什么事？"

卓嘎说："这个月我没来。"

达杰问："什么？"

卓嘎说："我是说这个月我没来月经。"

达杰问："这是什么意思？"

卓嘎说："我要去医院看看。"

到了卫生所，索南扎西看见卓嘎进来，就笑着对周措说："我出去抽根烟。"

周措也笑了，让卓嘎坐。

卓嘎的表情有点儿怪怪的，看着周措动了一下嘴巴。

周措就问："你怎么了？是不是又来要那个东西了？那东西还没到呢。"

卓嘎说："我不要那个东西？"

周措问："那你来干什么？"

卓嘎说："我这个月没来。"

周措收起脸上的笑，说："不会吧？"

卓嘎说："真的。"

周措说："那就查一下，查一下就知道了。"

周措给了卓嘎一个试纸条，说："你自己去弄一下，知道怎么用吧？"

卓嘎说："不知道。"

周措就把使用方法告诉了她。

卓嘎从卫生间出来后，把试纸条递给周措大夫看。

周措看了一眼就说："你怀孕了。"

卓嘎不说话了，在想着什么。

周措问："现在怎么办？"

卓嘎开口说："我不知道。"

周措说："这有什么不知道的？赶紧拿掉吧，越早做就越少痛苦，今天就做掉吧。"

卓嘎又不说话了。

周措开导她说："你已经有三个孩子了，再生一个干吗？咱们藏族妇女又不是天生就为了给男人生孩子才来到这个世上的。以前，一个女的生五六个、七八个孩子，那么辛辛苦苦的，干吗呀！你看我现在就一个孩子，也没觉得有什么不好。除了自己轻松，拿到补贴，孩子还能受到好的教育。”

卓嘎还是不说话。

周措说：“你倒是说话呀！”

卓嘎担心地说：“我得回去问问达杰。”

卓嘎快步离开，周措在后面喊：“卓嘎，你想清楚，再生还会罚款呢！”

卓嘎到家时，达杰在门口劈柴。

卓嘎走过来停在一边。达杰停下劈柴，看着卓嘎。看卓嘎不说话，达杰就问：“医生怎么说？”

卓嘎还是不说话。

达杰再次问：“医生到底怎么说？

卓嘎说：“我怀孕了。”

这回，达杰不说话了，若有所思的样子。

进屋后，卓嘎看见尼姑妹妹香曲卓玛坐在火塘边上，就坐在了她的旁边。

香曲卓玛看着姐姐说：“你怎么了？”

卓嘎想了想说："我怀孕了。"

香曲卓玛有点儿兴奋，说："活佛的预言多准啊，活佛就是活佛，具有看得见今生和来世的慧眼，我们常人真是无法想象啊，我们凡人有时候还怀疑，真是罪过。"

卓嘎瞪大眼睛，看着自己的尼姑妹妹，说："啊，你这么想？"

香曲卓玛不假思索地说："那当然，要不然为什么偏偏在这个时候你怀上了？"

卓嘎觉得自己的身体几乎要瘫掉了，过了一会儿才说："医生建议我拿掉这个孩子。"

香曲卓玛的嘴里呼出了一种奇怪的声音，说："姐姐，你可千万不能胡来啊，亡灵既然选择某个肉身再次回到这个世界，那么拒绝他的降生对于他来说是非常残酷的事情；同时，能够成为某个灵魂依托的肉身，也是千年修得的积缘啊！"

晚饭时，达杰也突然感叹道："活佛真是厉害啊！"

两个孩子也大概知道是怎么回事了，笑着说："这么说爷爷很快就要回到咱们家里了。"

达杰连连点头，两个孩子就乘机说："阿爸，你可不要忘了到时给我俩买彩色气球啊，你可是在爷爷面前答应过我俩的。你要是不买，爷爷会在天上看着你的。"

达杰似乎被惊了一下，马上说："当然要买，当然要买。"

江洋看着他们，一直不说话。

第二天，整个村子的人都知道了这件事情。

香曲卓玛继续去化缘，回家时看见姐姐卓嘎一个人坐在院子里的一个木凳上发呆，就问："你又在想那件事情了？"

卓嘎不说话。卓嘎端了一盆水去喂那只拴在外面的母羊。那只老母羊被喂养得越来越膘肥体壮了，见卓嘎拿来水，就冲过来要喝。卓嘎把水放在了母羊面前。母羊很快就把水喝完了，很渴的样子，看着卓嘎。卓嘎没再理她。

晚上，达杰和卓嘎在炕上躺着，都不说话。达杰看上去有点儿高兴，卓嘎在想着什么。达杰看了一眼卓嘎，点上了一支烟。等他抽完了，卓嘎坐起来，看着达杰说：

“我想拿掉肚子里的孩子。”

达杰一下子坐了起来，盯着自己的老婆卓嘎，似乎不相信她会说出这样的话，愣了一会儿才问：“你刚才说什么？”

卓嘎的表情没有变化，马上说：“我想拿掉肚子里的孩子。”

达杰一下子就火了，说：“你这个妖女！你这个没良心的东西！老人生前对你那么好，你就不想让他转世投胎到自己家里吗？”

卓嘎说：“我也不想这样，可是——”

达杰问：“可是什么？”

卓嘎说：“我是在为这个家着想。”

达杰扇了卓嘎一巴掌，说：“要是肚子里的孩子是你父母的转世，你会这么说吗？”

卓嘎流出了眼泪。慢慢地，她哭了起来，声音越来越大，怎么也止不住了。

吃完早饭，江洋说：“今天我去放羊吧。”达杰说：“还是我去吧,母羊们刚刚配完种,这个时候要好好保护它们,让它们吃饱,这样明年才会有好羊羔。”

达杰走到门口,想起什么似的回头对江洋说:“好好照料那只老母羊,到你开学时就得把它卖了给你交学费生活费。”

说完就出去了。

江洋拌好饲料,拿去喂那只老母羊。老母羊看见江洋来喂饲料,似乎很高兴。江洋把饲料放在母羊前面,看母羊吃。母羊很惬意地吃着。江洋看着母羊无忧无虑地吃的样子,想到很快就要把它卖给屠夫给自己当学费生活费,有点儿不忍,准备起身回去。

这时,香曲卓玛出来了,看见江洋就说:“我去收一下昨天还没有收到的善款,有几家还没有收上。”

江洋站起来说:“要不要我去帮忙?”

香曲卓玛说:“不用了,不用了,就那么两三家,我一个人去就可以了。”

吃完早饭,一直闷闷不乐的江洋突然对卓嘎说:“阿妈,你把你肚子里的孩子生下来吧,爷爷生前对我最好,我想让爷爷回到咱们家里。”

卓嘎吃惊地看着江洋。

达杰在山上放羊时，遇见了也在山上放羊的贡布老人。老人问他：“快满七七四十九天了吧？”

达杰说：“过两天就满了。”

老人说：“你阿爸有你这样一个儿子真是好福气啊。”

老人和达杰的父亲生前是好朋友，看见老人，达杰的心里生起了一股伤感。达杰说：“其实我心里很愧疚，没有管好老人。”

老人说：“你已经很孝顺了，你阿爸能投胎到你们家，就说明他很留恋这个家，要不然不会再回来的。”

达杰说：“我阿妈死后也投胎回到了自己家里，阿爸生前也说过他死后还想回到这个家里的话。”

老人说：“你们可要好好珍惜啊，这样的缘分是很少见的。听说你家卓嘎不想要这个孩子，是真的吗？”

达杰有点儿紧张地说：“没有的事，没有的事。都是村里人在胡说八道。”

老人说："没有就好，没有就好。"

七七四十九天之后，家里又做了法事。

喇嘛们念了一天的经。等喇嘛们离开之后，突然停电了，屋里黑咕隆咚一片，谁也看不见谁，只能听见彼此间的粗重的喘气声。

黑暗之中，传来了尼姑香曲卓玛的声音："明天我想带姐姐到山上住一段时间。"

她的声音像是来自另一个世界。

黑咕隆咚之中没有任何回应，一片沉默，连彼此间的喘气声也听不到了。

第二天天刚蒙蒙亮，香曲卓玛就带着姐姐卓嘎离开了。

出发之前，达杰、江洋和两个孩子都起来送她俩。

最后，卓嘎小声对江洋说："到了学校好好学习，不要担心阿妈，阿妈没事的。"

江洋使劲点了点头。

过了几天，江洋也开学了，达杰就捎着江洋和老母羊去了县上。

到了牲畜交易市场，他们被羊贩子围住了。羊贩子一忽儿抱起母羊掂量掂量，一忽儿又捏捏母羊的脊梁骨，一忽儿又扒开母羊的嘴巴看看，弄得江洋很不舒服。达杰只是在旁边看。最后，羊贩子跟达杰谈价钱，讨价还价。但是达杰很镇定，咬住一个价不放，最后就成交了。羊贩子看上去不太愉快，不太情愿地数钱，最后拽着母羊走了。江洋早就跟这只老母羊混熟了，最后看着被羊贩子拽走了，想到很快就要被他们宰掉了肢解掉卖掉，被别人煮了吃掉，心里难过起来。

达杰数完钱，把钱装进兜里，看了一眼那只老母羊，就带着江洋离开了。

到了学校门口，达杰从刚才卖羊的钱里面抽出几张一百的给了江洋，说："快去吧，阿爸就不进去了。"

江洋犹豫了一下说："阿爸，我也跟你回去吧，我不想再念书了。"

达杰瞪着江洋说："你胡说什么呢？你这样说，阿爸就生气了！"

江洋没再说什么，一副忧心忡忡的样子。

达杰说："不要想家里的事情，你只要好好学习就行了。"

江洋还是没有说话。

达杰骑着摩托车走到街上时，在路边的一个摊位上看见了许多彩色的气球。

他在摊位前停住了，摊主对着他叫卖："卖气球，卖气球！"

达杰看了看那些气球，突然说："我要买两只红气球。"

摊主从众多彩色气球里面挑出两个红气球给了达杰。达杰把那两个气球拿在手里看看，又像个小孩子一样晃了晃。

摊主说："你拿在手里要小心，气球里面是氢气，小心飘到天上去。"

达杰就用生硬的汉语问："两个一共多少钱？"

摊主说："本来一个三块钱，你要两个就给你便宜一点，一共五块钱吧。"

达杰也没说什么，直接从兜里拿出五块钱给了摊主。

之后，他把两个红气球拴在了摩托车的车把上，气球立即飘了起来。

摊主看着他说："这样还挺好看。"

回家的路上，两个红气球一直在摩托车的车把上飘荡着，达杰看着觉得很惬意。

回到家里，他把气球给了两个孩子。

两个孩子很高兴，拿着气球使劲地跑起来。

他俩跑到一处开阔的草地上时，"嘭"的一声响，其中一个气球突然爆掉了。

他俩就抢另一个气球，最后还打起来了。突然之间，那个气球从他俩手里脱落，飘向了天上。

两个孩子长大了嘴巴，仰着头看那个飘向天上的红气球。

红气球在天上越飘越高，越飘越小，最后消失不见了。

[电影剧本]

○
○

1．草场。外。日。

一个小孩儿模糊的视角看着天空，空中有大片大片的云朵。

小孩儿的声音：咱家的云。

小孩儿用模糊的视角看了看旁边，一群羊散落在草场周围。

小孩的声音：咱家的羊。

模糊的视角又看了看前方，一个老人坐在草地上，揉着羊皮袄。

小孩儿的声音：爷爷。

远处传来了一辆摩托车的声音。

模糊的视角看了看摩托车声音传来的方向。

达杰骑着摩托车来到老人旁边。

小孩的声音：阿爸也来了。

达杰从摩托车上取下褡裢，看着老人说：阿爸你们久等了，摩托车出了点毛病，耽误了一会儿。

老人看着达杰说：没事。没事。

达杰走过去坐在老人的旁边，脱下了藏袍的袖子。

老人看了看摩托车，说：你这摩托车骑了好几年吧？

达杰也看了看后面的摩托车，说：骑了五年多了，毛病也挺多。

老人揉着羊皮，感慨道：现在都骑这个，怎么可能比马好呢？

达杰从褡裢里取出一块馍馍和一壶茶，说：是啊。都把马卖了换摩托了，现在哪有什么马啊。

老人继续揉着羊皮说：时代变了，没办法。嗡嘛呢叭咪吽（六字真言）。

达杰看了看模糊的视角方向，喊：你们俩，过来。

模糊的视角突然变清晰了，两个小孩手里拿着两个用安全套做的“气球”，开始往达杰和爷爷方向跑。

两个孩子手里的“气球”越来越清楚了，在他们头上飘着。

老人看了看两个小孩手里的“气球”，说：俩小孩一早拿着那么个东西玩，那是啥？奇形怪状的。

达杰有点儿不好意思地说：气球。

老人又继续说：气球是圆的，怎么是这个样子？

达杰点了一根烟，说：这也是气球。

老人不解地说：哦！

达杰抽了一口烟，说：难怪找不到，原来被你俩偷去了。

两个小孩互相看了一下说：我俩没偷，我俩从你枕头下找到的。

达杰做了个手势，说：过来。

两个小孩靠近了达杰。

达杰趁两个小孩不注意，用烟弄破了小弟手里的“气球”。

达杰：叫你俩再偷。

这时，二弟立马转身就跑。

达杰追过去抓住二弟，也弄破了他手里的“气球”。

那玩意儿发出“噗噗”的奇怪的声音，恢复了它本来的面目，变成一块很小的蔫不拉几的东西，萎缩在了那儿。（可以看清是只安全套。）

达杰：鬼小子。

两个孩子眼睁睁地看着他们的玩意儿突然之间变成了另外的他们不想看到的什么东西，突然间放开嗓门大声地哭了起来。

老人瞪着达杰，生气地说：你干吗把小孩子的玩具弄破？

达杰没好气地看着老父亲说：那不是玩具！

老人：不是玩具是什么，你不说是气球吗？气球就是小孩的玩具，干吗不让玩？为啥弄破？

达杰有点儿无奈，不知道该怎么解释，想了想，最后说：阿爸这你不懂，这不是小孩玩的气球。

老人无奈地说：哦，那我不懂。

两个小男孩哭着喊：就是气球，怎么不是气球了？

达杰回来坐在老人旁边，对小孩儿说：给我闭嘴。下次我去县上给你俩买彩色气球，比这个好玩多了。

两个小孩破涕为笑，同时问：你说真的吗？

达杰：当然是真的，阿爸不会骗你们，爷爷作证。

这时候，一架飞机从高空中飞了过去。

他们四人抬头看了看空中的飞机，不一会儿，飞机消失在云层中不见了。

达杰：给，拿上馍馍去玩。去。

两个小孩转身玩去了。

达杰看了看旁边的老人说：阿爸，你慢慢吃午饭，我走了。

老人：路上小心。

达杰：呀呀。

说完，骑在摩托车上发动了摩托车。

老人：儿子，这次去一定要借个优质种羊回来。

达杰：噢呀，阿爸，老朋友会把最好的种羊借给我的。

达杰的摩托车开动后，发出“轰隆轰隆”的声响，后面冒出了浓烟。

达杰骑着摩托车离开了。

摩托车开出很远，老人还看着达杰的背影。

达杰骑着摩托车消失在一个山沟里了。

不久，一匹白马从达杰消失的地方缓慢跑了上来。

2．村庄。外。黄昏。

远处有隐隐的雷声传来，天空乌云密布。

3．朋友家。内。夜。

屋外在下雨，打在窗户上滴答响。

达杰和朋友在喝酒，俩人已有些微醉。

达杰的朋友嘴里还哼着歌。

达杰：你别再唱了。

达杰的朋友抬头看了看达杰。

达杰：你每年都借种羊给我，谢谢你！

说着，举起了酒杯。

朋友也举起酒杯干了，说：咱俩是朋友，别说这种话。

达杰：再干一杯。

朋友：来。

朋友干了杯中酒说：今年从扎什加买了几只不错的种

羊，很不错。

达杰给朋友斟酒。

达杰：扎什加的种羊肯定不错。

朋友甩了甩手，说：我醉了，醉了。

说完，他们又干了一杯。

达杰：我不会亏待你的，到时送你一只好母羊。

达杰的朋友靠着桌子睡着了，传来了呼呼的鼾声。

外面的雷声越来越大。

达杰拿出手机看了看上面。

这时，灯光忽亮忽暗，雨声越来越大。

他前面的窗户里射进了一道很亮的光，照在了达杰的脸上。

4．羊圈。外。晨。

达杰和他的朋友开始往羊圈方向走，后面跟着朋友的儿子。

朋友手里拿着一个绳子，走到羊圈边上，朋友指了指里面，说：那些是我从扎什加买的种羊，给了大价钱啊。

达杰边走边伸头看了看羊圈，说：啊啦啦啦，确实很不错。

羊圈里的羊已经起来，走动着，羊圈里全是泥。

朋友带着达杰进了羊圈。

羊圈中的扎什加种羊们看上去很壮硕，蠢蠢欲动在羊圈里跑动着，显得骚动不安。它们的下垂的睾丸都用一块脏得快看不清颜色的布紧紧地裹着。

朋友指了指这些种羊，说：就是这些，你自己挑吧。

达杰看着这些种羊，赞叹道：啊啦啦啦。

达杰最后选中一只种羊，指给朋友看。

达杰：我要棕黄那只。

朋友擤了擤鼻涕，说：那只我想自己留着用呢，你换一只吧。

达杰看了看朋友说：你不是让我随便选吗，怎么说话不算话？

朋友从怀里掏出一小瓶酒，喝了一口说：好吧，好吧。已经喝了你的酒，话也说出去了，就这样吧。

达杰边脱袖子边说：朋友嘛，酒是要喝的。

朋友对儿子说：儿子，帮达杰叔叔抓羊。

达杰和朋友儿子开始捉种羊，羊圈里全是泥。

达杰：抓啊。

他俩在里面滑来滑去的，站不稳。

达杰：你俩在那边抓。抓住，快点。

他们追了好一会儿才捉住了那只种羊。

朋友对达杰说：你骑上。

达杰骑上了那只种羊，那只种羊很威猛，几次差点儿从他俩手中挣脱。

朋友笑着说：三天之后你得把种羊送回来。

达杰：明白，回来咱们好好喝。

达杰他们拖着种羊，开始往羊圈门口走。

5．路。外。日。

达杰抱着那只优质种羊，骑着摩托车飞快地往回走。

6．家。外。日。

爷爷坐在门口，念着六字真言。

爷爷：嗡嘛呢叭咪吽（六字真言）。

达杰骑摩托车进自家院子。

爷爷看见达杰回来，立马起身去了达杰的方向。

爷爷边走边说：你把种羊借来啦?

门口玩耍的两个小孩，也跟着爷爷去达杰旁边。

达杰停住摩托车，边取种羊边说：是的，阿爸。

爷爷满意的表情，说：不错，真是不错。好样的。

爷爷也开始帮达杰取种羊。

达杰：你抓住角。

爷爷：哦呀。

达杰：阿爸，交给我。哦呀。

两个小孩也帮他们取种羊。

爷爷：俩小孩，注意啊。

达杰：阿爸，你去那边，把角给我。

达杰抓住种羊的角，说：好了吗?

爷爷：好了。好了。

达杰：注意。小心。

一番折腾后，将种羊从摩托车上取下来放在了地上。

爷爷抓住种羊的角说：这家伙劲真大。

达杰有点儿满意地说：都说扎什加的种羊厉害，厉害吧？

爷爷前前后后地看了几遍，不住地点头，脸上很满意的样子，说：听说过，没见过。角都这么大，这种羊真的不错。

老人蹲下来使劲地捏了一把种羊的睾丸，说了声：这下好了！

这时，两个小家伙跑过来围着达杰喊：阿爸，你给我俩买的彩色气球呢？

达杰看着两个孩子说：阿爸没去县城，等下次去了给你俩买上。

两个小家伙脸上露出笑。

这时，老人给两个小孩说：去把那块新红布拿过来。

两个小孩转身去了屋里。

达杰看了看父亲说：阿爸，不是有吗，干吗要新的？

老人严肃地说：用快新布，图个吉利。

达杰看着老人笑了笑，没再说什么。

这时，两个小孩手里拿着一块红布跑过来，给了爷爷。

小孩：爷爷，给你。

达杰骑在种羊身上，取下了原来的旧布，给了小弟。

达杰：给。

爷爷：这就对了。

小孩拿起那块旧布，裹住下身说：阿爸，是这样吗？

达杰立马说：呸呸呸，扔掉。

小孩立马取下来了。

之后，父子俩就用那块红布把种羊的睾丸给重新裹了起来。

爷爷：这样就好了。

达杰：对。

达杰放开了种羊。

被柔软的新布裹住睾丸的种羊显然有点儿不舒服，一下子坐立不安起来。

老人看着种羊哈哈笑。

这时，达杰的老婆卓嘎从屋里出来了，故意提高嗓门说：早饭好了。

达杰对老人说：阿爸，你们先去吃吧。

老人：哦呀。

两个小孩：吃早饭了。吃早饭了。

老人和两个小孩进屋去了。

之后，达杰笑嘻嘻地看着卓嘎指了指种羊说：这种羊不错吧？

卓嘎也看着种羊笑嘻嘻地笑，说：有点儿像你！

达杰笑了笑，说：这可是扎什加的种羊，我怎跟它比呢？

卓嘎也笑。

说完，达杰向羊圈方向走了过去。

7. 羊圈。外。日。

达杰进了羊圈，进羊群捉羊。

一会儿之后，他捉住了一只母羊。

卓嘎走过来说：你抓这只母羊干吗？

达杰拉着那只母羊的后腿边往这边走边说：这母羊两年没产羊羔了，看来也产不出了。

卓嘎：这母羊平时挺老实的。

达杰一本正经地说：不产羔，老实有什么用。

达杰继续说：你去拌些饲料来吧。

达杰把母羊拴起来。

卓嘎回头走进了一间储藏室。

8．储藏室。内。日。

卓嘎把饲料放到一个大盆子里，往上面倒上点水，搅拌。

9．羊圈。外。日。

卓嘎拌着饲料去了达杰旁边，达杰得意地看着种羊。

达杰看了看卓嘎，说：这两天，把它好好养养，到时卖了，给江洋交学费生活费。

卓嘎：江洋是不是今天就放暑假了？

达杰：是，他说自己回来。

卓嘎：好的。晚上煮点肉吧。

达杰：好，煮吧。

老母羊看了看达杰。

卓嘎走过去，把拌好的饲料倒在了母羊前面。

达杰看着老母羊说：这母羊好像能听懂我的话。

卓嘎看着母羊，神情复杂。

羊圈外面传来一辆摩托车的声音，不久一个中年男人说：喂，你们在干吗呢？

达杰抬头看时是乡卫生所的索南扎西。索南扎西穿着个白大褂，背着药箱。达杰指着拴在一边的借来的种羊笑着说：噢，是索扎大夫呀。

索扎大夫：是我。

达杰：我从朋友处借了一只种羊，相当不错。明天开始准备配种。

索南扎西凑近一点儿，看着种羊说：是呀，看上去很厉害。

种羊也在远远地看索南扎西。

达杰也看了一眼老婆卓嘎，笑着说：对，很不错。

索南扎西也笑着说：呀呀，那你们忙。

说完准备走。

卓嘎叫住他说：索扎，周措大夫在吗？

索南扎西：她在呢，怎么，你生病了吗？

卓嘎答非所问地说：噢，我就问问。

索南扎西说了声“呀呀呀”之后就骑着摩托走了。

10．县城附近三级公路。外。日。

一辆封闭的三轮车在沙路上行驶。

11．某县藏文中学门口。外。日。

三轮车在学校门口停下，里面的司机用汉语说了声：阿尼，藏中到了。

尼姑：哦呀。

三轮车侧面的门开了，出来一个年轻的尼姑，带着平常尼姑戴的帽子，帽檐儿遮住了她的脸，看不清她的脸。

尼姑：多少？

司机：十块就行了。

尼姑低头从兜里拿出十块钱，递给了车里的司机。

司机接过钱就把三轮车开走了。

尼姑看三轮车。

三轮车离去。

尼姑站在学校门口看了看，就进去了。

12. 藏文中学院子。内。日。

尼姑戴着尼姑帽、穿着绛红色的袈裟站在黑板报前看着什么，很醒目。

黑板上写着一则格言：智者跟智者相遇，让事理更加明晰；象猴兔子和鹦鹉，结为兄弟成佳话。

旁边是跟这则格言有关的藏族传统的画：和睦四兄弟。

这时，下课铃响，从侧面的教室那边出来几个老师模样的男女。

他们经过黑板报旁边，继续往前走时，其中一个戴黑框近视眼镜的男老师注意到了尼姑，他停下来看尼姑。

他夹着一本讲义，看上去神情忧郁，走到黑板报边上的尼姑身边。

他停下来，从旁边看着尼姑问：你在这干吗？

他的声音有点儿异常。

尼姑似乎一时不知道该说什么，想了想才说：我在这儿等我外甥江洋，听说他今天放假，想跟他一起回老家。

男老师：江洋我认识。

尼姑不说话，男老师有点儿尴尬，接着又说：他学习不错。

尼姑还是不说话。

这时，过来几个学生，男老师叫住了其中一个学生：喂，洛桑，你过来。

学生跑到男老师前面了。

男老师：你去把你班的江洋叫来。

学生答应了一声“噢呀”跑了。

男老师扶了扶眼镜，咽了一口唾沫说：你这些年还好吗？

尼姑茫然地：我挺好的。

男老师也不自然地：噢，那就好。

男老师不知说什么好。

尼姑低头看着地面：你在这干吗？你不在其他县中学教书吗？

男老师变得有点儿正常：我到这一年多了。我离开了原来的学校。

俩人短暂的沉默。

之后，尼姑低头问：你现在戴眼镜了？

男老师：是，不戴眼镜看不清字。

这时，尼姑的外甥江洋到了，他背着书包和其他一点儿行李。

江洋：阿尼，你来啦。

尼姑：是。你可以走了吗？

江洋：可以走了。

尼姑：那就走吧。

尼姑和她外甥开始往学校门口走。

江洋边走边问：阿尼，你怎么认识德本加老师啊？

尼姑不看外甥的脸，马上说：噢，我们是中学同学。

男老师想起什么似的喊：你俩等等，我去拿个东西。

说完匆匆走了。

尼姑看了看江洋，说：走。

江洋：不等德本加老师了吗？

尼姑已经迈开了步子，边走边说：不等了。

他俩就往学校大门的方向走去。

快到学校门口时，后面有人喊：喂，等等。

江洋停下来回头看，尼姑也停下了脚步。

德本加老师跑上来，跑到尼姑旁边，递给尼姑一本书说：这个给你，这书是我写的。

尼姑看了看德本加老师的脸，犹豫了一下，没有接。

德本加老师也不看尼姑的脸，只是说：你有空看看。

尼姑再次犹豫了一下，看了看江洋，最后还是收下了书，快速地装进了尼姑们平常背的那种包里。

之后，就拉着江洋快步走出了学校大门。

德本加老师一个人站在操场里不动。

13．沙路上。外。日。

一辆班车行驶在一段土路上。

班车有点儿老旧，在土路上颠簸着。

14．班车。内。日。

颠簸着的班车里人不是很多，有些在睡觉，有些在聊天，也有一两对情侣相互依偎着。

尼姑香曲卓玛从那对情侣身上收回目光，从包里取出德本加老师给她的那本书看了看，书的封面上写着“气球”两个字。

她打开翻到了扉页，扉页上是一张照片，照片下面是简历。照片上是德本加老师，只是照片看上去比他本人更精神、更年轻一点儿，也戴着眼镜。

外甥江洋也凑过来看了一眼照片，又看了一眼正在看扉页照片的尼姑。

尼姑马上把书合上了，看向窗外。

江洋自言自语似的说：听说德本加老师写文章很厉害，还在省上获过奖呢！很多学生在看这本书，我也看过，不过我看不太懂。

尼姑回头叹口气说：你长大了也许就懂了。

江洋：德本加老师最近闷闷不乐的，学生们怕跟他说话。听说他是离婚后到这里的。

江洋看了看尼姑。

尼姑把脸朝向车窗外面。

江洋看了看尼姑的背影，显得有点儿无聊，就闭上眼睛准备睡觉了。

尼姑侧头看江洋差不多睡着了，就又拿起了书。

她把书翻开了，随便翻到了一页。

她犹豫了一下，开始读文章。

读到某处，她看了看前后左右，见没人注意她，就继续读。

15. 路上。外。日。

卓嘎骑着一辆男式摩托车行走在草原上，看起来不太搭配，奇怪。

卓嘎骑着摩托车行驶在小镇的街道上。

卓嘎骑着摩托车拐进一个单位的门，那是乡卫生所。

16. 卫生所。外。日。

卫生所院子里长着一些高原上的树。

卓嘎骑摩托车进卫生所院子。

停下，支好，走进卫生所里面。

17．卫生所。内。日。

卓嘎走进卫生所的门诊室。

索南扎西正在给一个病人看病，几个护士在打针。

索南扎西让卓嘎坐在旁边的条椅上等。

卓嘎四处望了望，问索南扎西：周措大夫不在吗？

索南扎西抬头看了看她，说：卓嘎姐姐啊，她出诊了，等会儿回来。

卓嘎：你不说她在吗？

索扎：你先进来坐吧，她等会儿就到。

卓嘎：哦呀。

卓嘎进了办公室。

索南扎西给那个病人开了药，仔细交代了一番。

索扎：给，你先去取药。

那个病人走了。

索扎对卓嘎说：来，坐坐。

卓嘎坐在长椅子上。

病人走后，索南扎西问卓嘎：你哪里不舒服？

卓嘎有点儿不好意思地说：不方便给你说，是女人的病。

索南扎西笑着说：女人的病我也能看啊，你说。

卓嘎笑了笑说：我还是等周措大夫吧。

索南扎西有点儿不高兴的样子：都什么时代了，还这么保守。真拿你们没办法啊。

卓嘎只是笑着不说话。

这时，一个穿着白大褂戴口罩的女医生进来，看见卓嘎戴着口罩说：卓嘎，你来了？

没等卓嘎开口，索南扎西就抢先说：她在等你看病呢。

周措这时才取下口罩，笑着问：那你怎么不帮她看看呢？

索南扎西有点儿不高兴地说：她说是女人的病，不让我看。

周措看着卓嘎：你哪里不舒服？

卓嘎有点儿不好意思地笑。

周措看着卓嘎笑了笑：哦，我明白了。咱们出去吧。

卓嘎：噢呀。

周措大夫带着卓嘎出了办公室。

她们到了办公室门口，周措大夫问：你哪里不舒服？

卓嘎往后看了看办公室里。

18．卫生所楼道。内。日。

她们又继续走了几步，周措大夫再次问卓嘎：你怎么了？

卓嘎犹豫了一下才说：我想做结扎手术。

周措：我还以为有多大事呢。

卓嘎不说话。

周措突然问：怎么突然想做这个了？

卓嘎这才说：结扎了省事，不用再提心吊胆的。

周措笑着问：不是给你们发了安全套了吗，怎么不用啊？那个也很省事啊。

卓嘎说：用完了，最后两个还被小孩偷去当气球玩了呢，羞死人了！

说完，自己也忍不住笑了起来，周措也笑着说：发了那么多还不够，你家那口子是只种羊吗？

卓嘎不好意思地笑着，压低声音说：这两年他差不多和年轻时一样了,没个够,确实像只种羊,我也不知道咋了。

周措笑着说：你是不是给他吃什么好东西了?

卓嘎也笑着说：什么好东西啊?

周措继续笑着说：我怎么知道?

卓嘎说：没吃什么啊，就是偶尔吃吃羊肉，没什么别的啊。

周周说：听说羊肉那东西也很补啊，你最好让他少吃点。

卓嘎说：他平常就爱喝酒，吃羊肉，我有什么办法?

两人就笑起来。

之后，卓嘎又问：啥时候给我做手术?

周措想了想说：下个月吧，正好你们村几个女的也要结扎，就一起做吧。

卓嘎说：噢呀。

周措又笑着说：要是急先给你上个环，那也保险。

卓嘎：环吗?环就算了。

卓嘎继续说：上次旺加媳妇的环掉了，还被她家小女儿当戒指戴呢,都在笑话,羞死了,你还说那东西保险呢!

周措大笑起来，问：真的假的？

卓嘎也笑着说：真的。

周措也笑着说：那就算了，那东西确实有点儿不保险。

卓嘎笑着看周措，欲言又止的样子。

周措停止笑看着卓嘎，说：还有事吗？

卓嘎有点儿不好意思地说：能再给我一些那个吗？

周措一时没明白她说什么，就问：什么？

卓嘎有点儿不好意思地说：就是，你们免费发的那个。

周措恍然大悟似的说：这年纪了，还像个小姑娘似的。

卓嘎：这个还是说不出口，羞死了。

周措：早就发完了，下次到了多给你几个。

卓嘎：噢呀，那我回去了。

周措：好。

周措又叫住卓嘎，说：噢，卓嘎，等等。

周措进来办公室，打开自己的抽屉，从里面翻出一个安全套，装在口袋里走了出来，到卓嘎旁边掏出来，说：这个。

卓嘎笑着：一个有啥用。

周措也笑着：拿着吧，万一有用呢？这还是留给我自己的呢。

卓嘎笑着问：那你自己不用吗？

周措：不用。

19. 家。内。夜。

墙上挂着一幅《和睦四兄弟》的传统藏画。

达杰一家人正在这平常又是伙房又是客厅的地方吃饭。

电视机里正在用英语播着一条新闻：世上首个试管婴儿昨晚在英国诞生，是个女孩，非常健康。医生说，是个正常的漂亮孩子。医生希望在不久的将来，会有更多的试管婴儿诞生。

几个人都停下吃饭，呆呆地好奇地看着电视画面。

老人嘴里嚼着肉，似乎不相信自己的眼睛和耳朵，看了看江洋，说：江洋，电视里在说什么啊？

江洋：介绍一个试管婴儿的故事。

老人厌烦地说：嗡嘛呢叭咪吽，呸呸呸，活的时间长了，什么怪事都看见了，经书上说的世界末日可能真要到了！

达杰大口吃着肉，哈哈笑着说：阿爸你胡说什么呀，这可是科学，科学进步了，还说什么世界末日要到了。科学进步了，世界会越来越好的。

爷爷“哼”了一声说：科学科学，现在的人都不知道在想啥！

达杰和江洋在笑，爷爷对一个小弟弟说：孩子们，快把电视关了，别看这种东西。

两个孩子互相看了看，二弟：你去。快点。

三弟起来去关电视机，尼姑香曲卓玛和她姐姐卓嘎在笑。

关掉电视之后，爷爷问尼姑：阿尼，这次来有什么事？

尼姑香曲卓玛就说：秋天要翻修寺院大殿，尼姑们都去化缘了。

爷爷：很好很好。

尼姑：我到我们村来了。

爷爷：噢，很好。

尼姑：听说今天江洋放暑假，就跟他一起来了。

爷爷：很好，是好事。都是为了弘扬佛法。

爷爷继续说：达杰，咱家一定要多捐。

达杰：好的阿爸，这还用说吗？咱家多捐，人家才会多捐的。

爷爷：对对。

达杰对孩子们说：吃啊。

尼姑香曲卓玛笑着说：明天开始去化缘，江洋得帮帮我。

卓嘎：江洋闲着，让他帮你，也是积德。

老人：明早我带江洋去嘛呢康点酥油灯，这几天老梦见他奶奶，还提起江洋呢。

尼姑：噢呀呀。

江洋看着爷爷：爷爷，明早咱俩早点儿去点酥油灯。

老人：明天早点儿去。

两个弟弟：爷爷，我俩也想去。

老人：好好，你俩也去，你俩也去点酥油灯。

达杰：明早你们早去早回，事情多。

老人：好好。

之后，尼姑看着江洋：江洋，你背上的那颗痣还在吗？

江洋：还在。

尼姑：你一出生就认出你是奶奶的转世。你俩背上的痣一模一样，真是神奇啊。

江洋：好像变大了。

两个弟弟：哥哥，让我俩看看吧。

江洋：晚上给你俩看。

20．老人小屋。内。夜。

江洋用糌粑给老人搓背按摩。

老人：真舒服。真舒服。好孩子。

老人闭着眼睛享受着孙子的按摩。

两个弟弟，脱光了身子在炕上玩耍。

二弟站起来，看着墙上的一幅画，说：你过来看一下。

二弟指了指墙上那幅画，说：这里有一只山羊。这里有两只羊羔。这是一只种羊。这是一只山羊，这里有一只羊羔。那里有只山羊。

三弟也指了指那幅画，说：那里有很多山羊。

二弟转过头，说：哥哥，我俩看一下你的痣吧。

江洋：过来挠爷爷的背，我给你俩看。

二弟：好的。

走过去挠老人的背。

江洋就脱下上衣给他们看。

三弟指着江洋背上的痣，说：是这个吗？

爷爷也凑过来看江洋背上的黑痣，表情有点儿伤感。

爷爷：这就是你哥哥背上的那个黑痣，奶奶能转世回到自己的家，多大的福气啊！

三弟：爷爷，哥哥是奶奶的转世，那我俩是谁的转世？

爷爷：你们还没有确认是谁的转世，但肯定是某个生命的转世。

二弟：那我俩做你的转世吧，那样你会更疼我们。

爷爷瞪着他俩：傻瓜，我还没死呢，你俩瞎说什么？

二弟对三弟说：你过来挠一下，让我看看。

二弟过去仔细看痣的时候，灯光闪了几下就灭了。

二弟：我都没看清就没电了。

21．沙漠。外。日。（梦境）

江洋的背上有一颗很大的黑痣，二弟用手去抠了一下，把黑痣抠了下来。

二弟把黑痣拿在手里，给江洋看了看。

江洋伸出手，做出还给他的样子。

二弟和三弟起身就跑，江洋开始追他们。

他们奔跑在一个空旷的沙漠上，偶尔传出一些笑声。

两个弟弟消失在一个沙丘后面，江洋跑过去站在沙丘上，看着远处。

远处隐约地出现了一片湖面。

22．嘛呢康。内。早晨。

老人和江洋，还有江洋的两个弟弟站在佛像前点酥油灯。

他们把酥油灯点着之后，双手合十站在佛像前。

老人“嗡嘛呢叭咪吽”地一阵念念有词之后，闭着眼睛祈祷着。

老人：三宝保佑，嗡嘛呢叭咪吽。

之后，对着三个孩子说：孩子们，咱们磕头。

他们都被推到嘛呢康门口了。

23 . 嘛呢康门口。外。日。

三个孩子闭上眼睛像模像样地祈祷着。

之后突然睁开眼睛看着爷爷。

老人开始磕头。

三个孩子也跟着爷爷磕起头来。

他们故意把额头撞在木地板上，发出“咚咚”的响声。

两个孩子就问老人：爷爷，你刚刚怎么祈祷的？

老人笑着说：三宝保佑，你的转世江洋来给你点酥油灯了，你放心吧。我就是这样祈祷的。

两个小男孩：你没说我俩也来了吗？

爷爷大声地笑着：说你俩也来点酥油灯了。说了啊。

两个小男孩：呀呀。

他们继续磕着头。

24. 羊圈。外。上午。

羊群安静地在羊圈里，有些羊在来回走动着。

达杰和江洋、老人过去牵着那只种羊过来了。

达杰让江洋解开种羊犄角上的绳子。

他们把种羊领到了羊圈边上。

种羊看着羊群显得骚动不安。

羊圈里的一些胆子大的母羊主动地过来，谨慎地闻一闻种羊身上的气味，又马上不安地离开。

达杰骑在种羊身上，说：从后面推。

看样子种羊有些迫不及待了。

达杰：等等。

达杰打开了羊圈的栅栏门。

种羊急于挣脱拴着它的绳子，一个劲儿地往羊群方向拉。

达杰和江洋放开了种羊。

种羊一下子挣脱达杰，万般饥渴地冲向羊群。

三个男人怔怔地看着冲进羊群的种羊。

种羊跟在几只母羊后面，闻着他们的屁股。

最后，种羊跟定了一只母羊，追逐着那只母羊。

种羊几次准备把前腿搭在母羊的身上，但几次都没有成功。

种羊终于把前腿搭在了那只母羊的身上，做出攻击的样子。

三个男人张大了嘴巴，一开始脸上的表情很严肃，有点儿发愣，慢慢就正常了，露出了笑容。

两个小男孩趴在窗户边上，透过窗户的格子看外面羊圈里配种的场面。

卓嘎揪着两个孩子的耳朵，把他俩拉到锅台边上。

两个小孩跑到了羊圈边上。

种羊还在追着羊圈里的母羊。

种羊在母羊群中横冲直撞，肆意展示着雄性的力量。

母羊们惊恐地躲避着种羊的追逐。

达杰和老人的脸上带着满意憨厚的笑。

江洋有点儿失神地张大嘴巴看着。

两个小孩看着他们的表情，有点儿莫名其妙。

达杰露出满意的表情，看着种羊。

25．家。内。日。

尼姑爬到炕上去找书。她把炕上的东西翻来翻去的，一时没找到书。

尼姑：姐姐，看见我昨天带来的书了吗？

卓嘎：两个小孩好像在炕上翻着看，你好好找找。

这会儿，她无意间在一个被褥底下翻到了卓嘎从卫生所领回来的那一个安全套。

尼姑好奇地把安全套拿在手上问：这是什么？

卓嘎回头看着尼姑妹妹手上的安全套，就笑着说：呸呸，这个你不该知道！

尼姑香曲卓玛还是看着自己手上的东西，一脸的好奇，问：这是什么？

卓嘎凑过身子对着香曲卓玛的耳朵悄悄说了几句话，香曲卓玛立即把安全套扔回枕头边上，显出很害羞的样子，嘴里发出“呸呸”的声音，不敢在姐姐面前抬起头来。

卓嘎赶紧上炕把那个安全套给藏回了枕头底下。

卓嘎从另一个枕头底下翻出了尼姑妹妹要找的书，说：在这儿呢，你要找的书。

尼姑接过书，拿在手上，下炕坐在火塘边上，卓嘎走过来问：你看的是什么书呀？

尼姑抬起头，犹豫了一下，把书翻到扉页上，指着扉页上的照片问：你认识他吗？

姐姐凑近看，看着看着脸色就变了，越来越生气的样子，大声问：这不是那个没良心的家伙吗？他的照片怎么在这上面。

尼姑：这书是他写的。

卓嘎更加生气了，说：这个混蛋，我不管这书谁写的，我不许你看！当初要不是他，你会是现在这个样子吗？

尼姑哽咽起来：姐姐，别说这些了。

姐姐突然从尼姑妹妹手里抢过那本书，扔到了火塘里正在燃烧着的火苗上，书“哗”一下燃烧了起来。

姐姐：别看这种东西。

尼姑：姐姐。

尼姑香曲卓玛一下子清醒过来，急了，猛一下把手伸进火塘里，说：你干吗这样！

尼姑把正在燃烧着的书取了出来，扔到地上，用袈裟的下摆使劲地扑打了一阵才扑灭了火。但是书已经烧掉了一些，上面还冒着一丝烟。

尼姑的手被火烧坏了一点儿皮。

卓嘎跑到尼姑旁边，抓着尼姑的手说：快让我看看。烧伤了。

卓嘎赶紧拿一点儿酥油抹在了她的手上，对着上面吹。

尼姑看着自己烧伤的手发呆。

姐姐在一边呆呆地看着尼姑妹妹。

尼姑香曲卓玛接着看了一眼已经烧得不成样子的书说：昨天我去找江洋时，遇见他了。这书是他给我的，这书里写的，是我俩过去的故事。本来，我这辈子不打算见他，但是世间的很多事谁也说不清。他说他现在调到咱县的藏中了，还是江洋的藏文老师呢。

姐姐卓嘎打断她，生气地说：完了完了，我得让江洋少跟这种人接触！

尼姑妹妹瞪着卓嘎，没有说话，不知道在想什么。

这时，屋外传来达杰的喊声：卓嘎，喂，卓嘎。给我们倒个茶。

卓嘎就提起茶壶，拿着三个碗出去了。

26．羊圈边上。外。日。

卓嘎提着茶壶去了羊圈边上。

达杰站在羊圈门口接碗，卓嘎的脸色看上去很差。

达杰看了看卓嘎，说：你怎么了？

卓嘎转过身，好像回避什么似的说：没什么。

达杰：进来倒茶。

卓嘎进了羊圈。

老人、江洋坐在羊圈边上，看上去有点儿累。

老人一直在念六字真言。

卓嘎走过来给他们倒茶，达杰帮卓嘎把碗给了老人，说：给，阿爸。

老人接过碗，说：噢呀。

这时，两个小孩也走过来喊：阿爸，我俩也想喝茶。

达杰：你俩进去喝，碗不够。快去。

两个小孩起身出了羊圈。

卓嘎的脸色很难看，（两个小孩）看卓嘎的脸。

27. 家。内。日。

两个孩子进屋看见尼姑香曲卓玛拿着那本烧坏了的书在发呆，就过去问：阿尼，你怎么了？

尼姑香曲卓玛没理他俩。

他俩很没趣，就顺势爬到了炕上。

两个小孩在炕上玩了一会儿，又爬在窗户边上看外面。

二弟看了看三弟，说：你看到我的玩具车了吗？

三弟：没有。

二弟开始在炕上找玩具。

这时，二弟无意间在枕头底下发现了那个安全套。

二弟惊喜地碰了一下三弟，偷偷给他看。三弟看了一眼那东西，脸上露出笑。

这时，伙房的门响了，两个小孩紧张地向门口看。

卓嘎提着茶壶进来了，看见他俩鬼鬼祟祟的样子，就问：你俩在搞什么鬼？

他俩说了声“没什么，我俩在玩”，互相使了个眼色，赶紧把那个安全套装进了裤兜里，起身从炕上下来，准备往外走。

卓嘎从碗架里取出两块馍，对他俩说：来来，拿上馍馍出去玩。

两个孩子“呀”了一声，飞也似的跑出了屋子。

28．一户人家门口。外。日。

两个小孩到了一户人家门口，这户人家的大门口有几个小孩在玩耍。

他俩对着这户人家的大门喊：多杰，多杰。

门口的狗突然站起来，拽着铁链往这边冲，一边把铁链拉得哗哗响，一边“汪汪”地叫了起来。

大的看见狗有点儿胆怯，说：这狗不会挣断铁链冲过来吧？

三弟：不会吧，我看那个铁链很结实。

二弟：要是铁链断了怎么办？

三弟：怕啥，要是断了，咱俩跑呗。

之后，又“多杰多杰”地叫起来。

不一会儿，跑过来一个跟他俩差不多的男孩，问：啊，什么事？

二弟：你不是想拿哨子换气球吗?

多杰：气球呢?

三弟从兜里拿出那个安全套说：在这儿呢。

二弟：你的哨子呢?

多杰从裤兜里拿出了一个哨子，说：在这儿。

多杰走过来仔细看着：这怎么是气球啊?

二弟：吹起来就是气球了。

多杰：那你吹给我看。

二弟就撕开包装，吹了起来。

越吹越大，开始像一个奇怪的气球了。

二弟：这就是气球。

多杰把“气球”拿在手里仔细看了看。

二弟：你的哨子。

多杰：在这儿。

然后把哨子给了他俩。

之后，二弟：你不许后悔啊。

多杰：你也不许后悔。

三弟：谁后悔谁是哈巴狗。

多杰说了声“呀”之后，高兴地举着“气球”向远处几个小孩在玩的方向跑去了。

两个小孩欢快地吹着哨子，沿着土路往回跑起来。

29．屋里。内。夜。

达杰的手在枕头和被子底下乱翻着，有点儿着急的样子。

他翻了一会儿，似乎没有翻到他要的东西。

卓嘎：你在找啥？

达杰：你不知道我在找啥吗？你不说在枕头底下吗？

卓嘎：在枕头底下啊？（笑了一声）今天被尼姑翻出来了，还问这是什么呢，羞死了！

达杰怔怔地看着卓嘎，说：你也不仔细放好，怎么就让她看到了。

卓嘎笑。

达杰：肯定又被两个家伙偷走了。

卓嘎：让人看见真是羞死了。

达杰：不管这些了。

达杰笑着开始动手动脚，卓嘎看着达杰的样子笑着问：你咋了？看你这样子，很像你借来的种羊。是不是受了刺激了？

达杰笑着点头，说：有一点儿。

卓嘎：你等等不行吗？

达杰：不行，等不下了。

卓嘎看了看灯，说：连灯也不关吗？

达杰又起身关了灯。

卓嘎突然看到贴在墙上的藏画《和睦四兄弟》，就一直盯着那幅画看，不理会达杰。

达杰在自顾自地忙着。

卓嘎的脸。

墙上的画。

30. 家。内。夜。（梦境）

墙上那幅画的倒影，反射在一个水面上。

卓嘎念着六字真言，隐约出现在水面上了，不一会儿，她又缓慢消失了。

紧接着隐约出现了江洋，又缓慢消失了。

接着出现了二弟，又缓慢消失了。

最后出现的是三弟，不过一会儿他也消失了。

31. 伙房。内。上午。

两个小男孩趴在窗户边上看外面。

二弟：种羊昨天很厉害，今天很累的样子。

三弟：是啊。

这时，一个小孩看着窗外说：哥哥，村长来了。

二弟：咱俩去看看。

之后，就和另一个小孩跑出去了。

32. 羊圈边上。外。上午。

等两个小孩跑到羊圈边上时，村长开着个车瘸着下来，拄着拐杖走到了羊圈边上。村长看上去四十多岁的样子。

村长看着羊圈里的达杰和老人问：你俩在干吗?

达杰骑着种羊说：我从朋友处借来一只种羊，昨天配了一天，今天想继续，这种羊看着有点儿不行了。

村长看着种羊说：这种羊看上去很厉害。

老人也笑着说：昨天还挺厉害，今天有点儿力不从心了。

村长对达杰说：噢，是这样啊。下午要给羊药浴，达杰你也赶羊过来。

等达杰“噢呀呀”两声之后就走了。

33．村。外。早晨。

尼姑香曲卓玛和江洋去每家每户化缘。

村民力所能及地捐一些钱或物品。

江洋：好，感谢。

尼姑对村民说：再见。

34．河滩边。外。日。

河滩边挖了一道很深很宽的水槽，里面蓄满了浑浊的药水。

水槽周围聚集着几群羊，水槽边上一些男人在喝啤酒，抽烟，聊天。

人们有秩序地把羊从一头赶到水槽里的药水中，羊从水槽中游过去，从水槽的另一头出来。

从水槽另一头出来时，站在两边的兽医站的人堵住，往每只羊的嘴里塞一粒白色的药丸。

之后，羊们惊慌失措地跑到一边，晃动身体，抖掉身上的药水。

达杰拿着小瓶青稞酒，抿了一口之后，也把自家的羊赶进了水槽中，羊们便惊慌失措地、尽力地往水槽的另一头游去。

达杰的两个小孩也站在水槽边上指着水里的羊，嘻嘻哈哈地笑着。

一个小孩问：阿爸，为什么要给羊药浴啊?

达杰笑着说: 水里放了药，把羊放到里面就不生虱子。

小孩：阿爸，羊也会生虱子吗?

达杰：当然，热了就会长虱子，生了虱子就痒痒。

这时，多杰的父亲扎巴带着多杰冲到水槽边上，怒气冲冲地对着达杰说：喂，达杰。

达杰抬头看了一眼扎巴，说：啊?

扎巴指着旁边的两个小孩说：你还管不管你家孩子了？

达杰有点儿莫名其妙，就问：怎么了？

扎巴：还说怎么了。

多杰的父亲扎巴更加生气了，从兜里掏出一个皱巴巴的东西，给了自己的儿子，说：给，吹。

多杰在用力地吹。

扎巴瞪着他说：使劲吹！

多杰就流着鼻涕眼泪开始吹那个东西。

慢慢地，那个东西被吹起来了，奇形怪状的。

吹起来后是个安全套，在多杰手里晃动着。

达杰似乎一下看出那是什么了。

扎巴指了指，说：看，这是什么？

达杰笑着说：什么？

人群中立即发出了各种笑声。

扎巴从儿子手里抢过那个“气球”，举起来对大伙儿说：各位，今天大家都在，我有话要说，昨晚我们全家吃晚饭时，我儿子拿着这个气球进来了，我们都羞死了，不知该怎么办。更糟糕的是，我老爹还问我女儿这是什么，我女儿羞死了，别说吃饭，头也不回地跑出去了，到现在还没回家。

扎巴往地上吐了口吐沫，说：达杰啊达杰，你该管管这两个鬼家伙了。我上次去县城，买了个新哨子，他俩用这个换了哨子，现在你明白了吧。你不好好管教他俩，小心我让你吃屎。

众人看着他的样子，哈哈地大声笑着。

达杰也忍不住哈哈笑起来。

达杰还是笑着说：又不是我干的，我有什么办法。

扎巴：你还嘴硬是吧？你不害臊，我还害臊呢。呸。

达杰：你害臊，我也没办法。

扎巴：啊啦啦，你太嚣张了吧？看我怎么让你吃屎，你过来。

达杰也很生气，说：你过来啊。你有本事过来。

村民：别吵了，别吵了。

扎巴跳过去，和达杰死打在一起了。

村民开始劝架：别打了。

扎巴把达杰推进了水槽里。达杰一下子被水槽里的混浊的药水给泡湿了，他也发火了，说：你有本事下来啊。

扎巴：你上来。

达杰：你有本事下来啊。

扎巴：呸，你以为我不敢下来吗?

达杰：下来。

水槽边上的扎巴跳下了水。

他俩开始在污浊的水里打起来，村长等几个人跑过来劝也无济于事。

村民：别打了。别打了。

扎巴手里的“气球”这会儿在混浊的水面上漂来漂去。

突然，响起一声尖利的哨子声。现场一下子安静下来，达杰和扎巴也停止了在水中的打斗，寻着声音传来的方向望去。

原来是达杰的儿子在使劲地吹哨子。

达杰的儿子吹了一阵才停下了。

35．羊圈。外。日。

卓嘎在一堆牛粪旁边，往一个篮子里拾牛粪。

这时，画外传来一个男人的声音：喂，你是香曲卓玛的姐姐吧？

卓嘎抬起头，没有认出是谁，就问：你是谁？

那个男人说：我叫德本加，我来找香曲卓玛。

卓嘎一下就认出了他，一下子变得很生气的样子，说：你找她干什么？

德本加有点儿尴尬，说：找她有点儿事。

卓嘎还是很生气的样子，说：你把她害得还不够吗？还来找她呢，不害臊吗？

德本加低声说：我俩之间有一些误会，事情不是她想的那样，我想跟她解释解释。

卓嘎：解释有啥用，她已经是尼姑了，你还想咋样？

德本加：我就是想跟她解释一下，不然我心里也难受。

卓嘎：不用再解释了，事情也不是你想象的那样，你根本不了解。

德本加沉默了一会儿，恳求似的：我没有其他意思，你能让我见见她吗？

卓嘎冷冷地：她已经回寺院了。

德本加沉默了。

卓嘎又想起什么似的：听说你是江洋的老师，你可不要把他给带坏了。

德本加扶了扶眼镜：是，我是他老师，放心吧，我会好好教他的，江洋是个好学生。

卓嘎继续揶揄：看你戴个眼镜，有学问的样子，不要把江洋教坏了就好！

德本加有点儿尴尬，没再理她，正要很无奈很失落地往回走时，卓嘎叫住了他：喂，你等等。

说完向屋里走去。

德本加很失落地看着门的方向，拿出一根烟怎么点也点不着。

一会儿之后，卓嘎手里拿着个东西出来了。

她手里拿着那本烧毁了的书走过来，把书递给德本加说：听说这书是你写的，我把它扔进火塘里，香曲卓玛抢出来了。现在还给你，以后不要找她了，你俩的路不同。

德本加看了看那本烧毁了的书，说：这书是我给她的，让她留着吧。

卓嘎冷冷地说：她不需要这个！要么你拿走，要么我烧掉。

德本加怔怔地看了一会儿卓嘎，最后接过卓嘎手里的书，说：姐姐，你放心，我不会再打扰她了。

说完，转身离去。

卓嘎看着他离去的背影，表情复杂。

36．村庄空景。外。黄昏。

黄昏的村庄沉浸在一片寂静的氛围之中，远处的高空挂着一轮皎洁的月亮。

37．达杰家。内。夜。

卓嘎在案板上和面，尼姑走到旁边问：姐姐，看到我那本书了吗？

卓嘎：没看到。

尼姑：真没看到吗？

姐姐没有任何反应地说：没看到，可能两个孩子拿了吧。

两个孩子立即说：我们可没拿。

尼姑用狐疑的眼神看着姐姐。

38．达杰家院子边上羊圈。外。早晨。

达杰靠在羊圈边上，看着拴在柱子上的种羊发呆。

39．村路。外。日。

达杰骑着摩托车，江洋骑在后座上，后面驮着种羊和一只母羊在村路上行驶。

两个在路边玩要的小孩赶紧站起来，紧张地看摩托车冲过来。

达杰看见两个小儿子在路边鬼鬼祟祟的样子，就停下来问：你俩在这干吗？

大的紧张地说：没什么呀，我俩在玩。

达杰：爷爷呢？

大的指了指远处，说：爷爷在那边放羊。

达杰瞪了他俩一眼，说：别在这待着，去爷爷那边。

大的：阿爸，你去县城吗？

达杰想也没想就说：不去，哪有时间去县城？我俩去还种羊。

小的：阿爸，万一去别忘了买气球啊。

达杰：去去去，帮爷爷放羊。

大的：好的。

说完，往远处奔跑。

达杰加了油门，看了一眼在后座上的江洋说：抓牢啊。

40．朋友家。外。黄昏。

达杰和朋友喝酒聊天，两人都有点儿微醉，脸上醉意朦胧。

达杰朋友：今天咱俩好好喝酒吃肉，痛快一下。

达杰：好好。

朋友举起了酒杯，说：来。

他们又喝了一杯。

一个小孩给他们到了奶茶，说：叔叔喝茶。

递给了达杰。

达杰：噢呀。

小孩又端起一个碗，递给了朋友说：阿爸喝茶。

朋友：噢呀。

于是朋友拿起一大块儿肉，递给了达杰，说：达杰，吃肉。

朋友：这次的种羊不错吧？厉害吧？

达杰：真的很厉害。

朋友：当然，我可是出高价买的。

达杰：就是不一样。

达杰的手机响了。

达杰看了看窗户外面，说：儿子。

江洋从窗户里伸出头，说：什么事？

达杰：你来接下电话。

江洋：好。

江洋接了电话。

朋友：我跟你说啊，这次产了羊羔留几只种羊，以后你的羊种就变了。

达杰：是啊，我也这样想的。

这时，江洋眼睛直愣愣地看着父亲达杰的脸，说：阿爸。阿爸。

达杰问：怎么了？

江洋开始紧张地喘气，说：爷爷今天放羊时突然生病去世了。

达杰：你说什么？

江洋：爷爷没了。

达杰的朋友看着江洋的样子，也盯着他看。

达杰脸上的醉意一下子消失了，进入了一种很沉重的情绪当中。

41. 路上。外。黄昏。

达杰和江洋骑着摩托车，飞快地行驶在土路上。

42. 家。内。夜。

达杰和江洋把摩托车停在院子里，冲进了屋里。达杰似乎不相信这突如其来发生的事，脸上一副莫名的表情，也不跟任何人打招呼，就直接跑了进来。屋里有点儿昏暗，炕上的一个方桌上点着一盏酥油灯，酥油灯也快灭了。方桌后面挂着一块白布，白布后面是老人的尸体。

达杰和江洋对着老人尸体磕了三个头。

在一个老僧人的带领下，底下的人在一起念诵嘛呢经，声音抑扬顿挫，很是伤感，颇具仪式感。

达杰和江洋坐在炕沿上，发呆似的看着那盏快要灭了的酥油灯和挂着的白布，流出了眼泪。

酥油灯几乎要熄灭了，一个亲戚拿来一盏酥油灯让点上。

达杰点上了酥油灯，另一盏酥油灯就灭了。

几个僧人坐在炕上为亡人念经做法事。

一个村民走到僧人前面，问：师父，什么时候出殡？

老僧人：明早四点到五点之间。

僧人们继续念经。

村里一些亲戚朋友坐在地上念诵六字真言，为亡灵祈祷，气氛悲凉。

43．家。外。夜。

院子里光线昏暗，桑烟缭绕。

僧人念经的声音和家人念诵嘛呢经的声音不断。

摩托车的倒影反射在院子里的积水面上。

44. 家。外。清晨。

僧人们还在念经，各种法号声不绝于耳。

达杰家人亲戚和村里一些年轻人为老人出殡。

院子里传来念诵嘛呢经的声音和断断续续的哭声。

达杰抱着老人的尸体往外走，其他人紧跟在达杰后面。

念诵嘛呢经的声音突然间高了起来。

随后，也响起了亲人抑止不住的很悲痛的哭声。

卓嘎一边念经一边流泪。

尼姑提醒她：姐姐别哭了，哭多了会影响亡者上路。

两个小孩也一本正经地念着经。

以达杰和江洋为主的男人们抬着老人的尸体去了外面。

他们把老人的尸体小心地放到了一辆车的后座上，两边坐着达杰和江洋。

两个小孩看着达杰说：阿爸，爷爷去了就不回来吗?

达杰立马说：你俩好好念经。

两个小孩开始念经：嗡嘛呢叭咪吽。

皮卡车启动了，开出了院子。

45. 路。外。日。

这辆皮卡车行驶在路上，除了车灯，路的周围一片漆黑。

透过后挡风玻璃，能看到里面的人的状态，达杰抱着老人的尸体，沉浸在悲痛之中。

车里的人表情静默，小声念着六字真言。

坐在达杰旁边的江洋也沉浸在沉重的情绪当中。

46. 湖边。外。日。（梦境）

江洋站在湖边，看着远处喊：爷爷。

湖边的积水面上出现了爷爷的背影，他在缓慢地往前走，嘴里念着六字真言。

江洋拼命地去追爷爷。

江洋：爷爷。

爷爷突然消失了，他左顾右盼地找爷爷。

47．山上寺院旁边的火葬台。外。日。

火葬台里的火熊熊燃烧着，上方冒着浓烟。

很多僧人在念经作法。

达杰等亲戚家人站在火葬台前，表情凝重，动着嘴唇，含糊不清地念着六字真言。

从火葬台上方冒出的浓烟，扶摇直上，慢慢融化在了虚空中。

48．寺院上师府邸。内。日。

达杰拿着一条哈达献给上师，恭敬地请求上师为父亲的亡灵超度。

上师闭上眼睛，念了一些经文之后，睁开眼睛说：你俩有什么事？

之后，达杰又小心谨慎地问上师：想知道阿爸的亡灵会转世到什么地方？

上师：属什么的？

达杰：属马。

上师又闭上了眼睛，轻声念着经文，不时拨动手里的念珠。

达杰和江洋就蹲在那里，静静地看上师脸上表情的变化。

一会儿之后，上师慢慢睁开眼睛说：亡灵会顺利转世，你回去找几个僧人，好好念超度经和六字真言，亡灵就能转世回到自己家里。

达杰一脸疑惑不解的样子。

49．家。内。夜。

屋里光线昏暗，达杰和卓嘎并排躺在炕上。

卓嘎：咱俩的三个孩子还小，家里又没有其他女人，这怎么可能呢？

达杰：你竟然怀疑上师，上师怎么可能会错？

卓嘎：你没把家里情况告诉上师吗？

达杰：我怎么说？我说上师您说的不对吗？

卓嘎没再说什么。

50. 家。外。日。

卓嘎把拌好的饲料倒在母羊前面。

达杰正在煨桑，看着卓嘎。

卓嘎看了看达杰，又看了看拴在一边准备卖掉的母羊，一副欲言又止的样子。

达杰走到卓嘎旁边。

达杰：母羊吃不吃饲料？

卓嘎：不怎么吃。

达杰看着母羊。

卓嘎看了看达杰说：达杰，给你说个事。

达杰：什么事？

卓嘎：我昨晚做了一个奇怪的梦。

达杰有点儿意外：什么梦？

卓嘎：我梦见咱家这只母羊产了只羊羔，湿漉漉的。

这时，母羊“咩咩”地叫了两声。

达杰把目光转向母羊。

卓嘎也把目光转向母羊

母羊奇怪地看着他俩。

51. 卫生所。内。日。

周措大夫带着卓嘎进了药房，找出一个试纸条，给了卓嘎，说：给，你自己去弄一下，知道怎么用吧？

卓嘎：知道。

卓嘎出去。

52. 卫生所办公室。外。日。

周措大夫去了自己的办公室，看见卓嘎从窗户前面走过。

院子里拴着一只母羊，周措大夫看它发呆。

过一会儿，卓嘎从后面叫了一下周措。

卓嘎：周措。

周措转身出了办公室。

53. 卫生所。内。日。

周措带着卓嘎进了另一个房间。

周措：来这边。

卓嘎进来，把试条纸给周措大夫看。

周措大夫看了一眼，惊讶地说：坏了，你真怀孕了！

卓嘎也很惊讶，不说话。

周措大夫看着她：是不是上次怀上了？

卓嘎：我也不太确定。

周措大夫：那怎么办？

卓嘎想着什么，不说话。

周措：赶紧拿掉吧，越早做越少痛苦！

卓嘎不知所措的样子。

周措大夫想了想，又放缓语气：卓嘎你已经有三个孩子了，还不够吗？咱女人又不是为生孩子才来世上的！过去的女人生五六个，那么辛苦，干吗呀！你看我就一个孩子，除了自己轻松，孩子还能受到好的教育，这个年代要那么多孩子干吗？

卓嘎还是不说话。

周措：喂，怎么办？

卓嘎什么都没说，也没等周措说什么，就走了出去。

54．达杰家门口。外。日。

达杰在门口闷声闷气地晒干肉。

卓嘎将摩托车停在院子里。

达杰停下挂肉看卓嘎。

卓嘎不说话。

达杰问：去哪儿了？

卓嘎还是不说话。

达杰再次问：问你呢，去哪了儿？

卓嘎：我去卫生所了。

达杰：去卫生所干吗？

卓嘎叹了口气，说：我怀孕了。

这回，达杰不说话了，呆呆地站着看卓嘎。

卓嘎快步进门。

55．家。内。日。

卓嘎进屋，看见尼姑香曲卓玛坐在火塘边想着什么，就往火塘边走。

尼姑看姐姐忧心忡忡的样子就问：阿姐，你去哪儿了？

卓嘎坐在尼姑旁边，说：我去了卫生所。

香曲卓玛：怎么了？你病了吗？

过了一会儿，卓嘎叹了一口气，想了想说：我昨晚做了个奇怪的梦，今天一查我怀孕了。

香曲卓玛有点儿意外地问：真的吗？

卓嘎看着尼姑香曲卓玛苦笑了一声，说：周措大夫说我怀孕了。

香曲卓玛有点儿兴奋，说：上师说得没错，我们还怀疑一个能看透前世今生的上师，真是罪过！

卓嘎瞪大眼睛看着自己的尼姑妹妹，问：你也这么想？

香曲卓玛不假思索地说：不然为何怀上了？

卓嘎觉得自己几乎要瘫掉了，过了一会儿才低声说：周措大夫建议我拿掉这个孩子。

香曲卓玛的嘴里呼出了一种奇怪的声音，说：求你了姐姐，你可千万不能听大夫的话，干那种事情啊。没有前世的积缘，再次投胎回到这世上是很难的，既然亡灵选择了你的肉身，那么拒绝他的降生对他来说多痛苦啊。你可不能像我一样，积下这辈子还不清的孽债啊！

卓嘎叹了一口气，没再说什么，但她慢慢地哭出了声音。

56．家院子。内。早晨。

卓嘎一个人站门口的镜子前面梳头。

透过镜子，她看见年轻时的妹妹，笑着从远处走过来了。

卓嘎高兴地转头看了看妹妹，妹妹穿着袈裟站在门口。

她有点儿失望地走过去，说：孩子们呢？

尼姑：他们还在化缘呢，我回来拿个袋子。

尼姑进屋拿了个袋子出来了。

卓嘎看了看尼姑，说：说实话，当初要不是你一意孤行，我真不想让你出家当尼姑。咱俩父母走得早，你又去了寺院，我心里真是不忍啊。

尼姑香曲卓玛犹豫了一下说：阿姐，你不要为我担心了，现在，除了一心向佛，我没有其他牵挂了。你也别想那么多。

说完，她起身离开了。

香曲卓玛出去之后，卓嘎在那儿发呆。

57．家。内。夜。

晚上，达杰（表情温和）和卓嘎并排在炕上躺着，不说话。

卓嘎躺着，犹豫不决了一会儿之后，坐起来说：达杰，我想拿掉肚子里的孩子。

达杰一下子坐起来，看着卓嘎的脸，似乎不相信这句话是从她嘴里说出来的，等了一会儿才问：你说什么？

卓嘎的表情没有变化，马上说：我想拿掉肚子里的孩子。

达杰一下子火了，指着卓嘎的脸说：你这没良心的女人，老人生前对你多好，你还说这种话。

卓嘎：我也不想这样……

达杰：还说不想这样？

卓嘎：我只是为这个家着想，担心以后的生活。

达杰：你这个妖女！肚子里要是你父母的转世，你会这么说吗？

卓嘎：我父母去世得早，都不知道他们的转世在哪里。

达杰：没料到你会这样想！

卓嘎有点儿激动：有时候活佛的转世都会选错，要是上师错了呢？

达杰：你连上师都敢怀疑，上师怎么可能错！

卓嘎：老人家去世都不到四十九天，怎么可能这么快就投胎回来呢？阿妈也是死后一年才转世回的。

达杰：你懂个啥？有些活佛还没圆寂已经转世了，有些圆寂好多年后才转世的，有啥不可能的！

卓嘎没说话。

达杰的情绪缓下来，说：亡者心里有牵挂，就会回到他想回的地方。你这样想，会遭报应的。

卓嘎的声音变低了：我只是为这个家着想。

达杰变得很激动：不要再找借口！孩子生出来我养，不用你操心！

卓嘎又爆发了，说：是吗？供个中学生都要靠卖掉一只老母羊，后面两个长大了，你怎么养他们？

达杰更加激动了，伸手就给了卓嘎一巴掌。

达杰：你再说。

卓嘎一下子蒙了，看着达杰，过了一会儿才流出了泪。

达杰也蒙了，不知所措地看着卓嘎。

慢慢地，卓嘎的眼泪越来越多，再也止不住了。

58. 山上。外。日。（梦境）

达杰用很坚定的步伐开始往山上走，但前方的风很大，很难迈开脚步。

59. 羊圈边。外。日。

达杰靠在羊圈边上发呆，脸上的表情很悲痛。

60. 牲畜棚。外。早晨。

卓嘎正用棍子拍打藏袍上的灰尘。

达杰走过来激动地说：昨晚打你一巴掌，是我错了，以后再也不会了。

卓嘎停下来不说话，又走到另一边继续拍打。

达杰继续说：卓嘎，我求你了。你把肚子里的孩子生下来，只要把孩子生下来，你让我戒酒戒烟都行，都听你的。

卓嘎停下，渐渐地也有点儿感动。

61. 羊圈边上。外。日。

卓嘎从家里端着一盆水出来。

阳光很强烈地照着。

母羊叫了一声，卓嘎走过去准备把盆子放在母羊前面。

这时，她看卫生所的男大夫索南扎西骑着摩托车向这边来。

索扎大夫：阿姐，卓嘎。

她拿起母羊旁边的另一个盆子快步向屋里走去。

卓嘎赶紧进屋把门从里面给关上了。

索南扎西停下摩托车走到门口，一边敲门一边喊卓嘎的名字。

索扎大夫：阿姐，卓嘎。

索南扎西喊了很长时间，卓嘎也没有开门。

索南扎西：周措大夫说上面发的东西到了，让我给你送去，我放门口了，你自己拿上。

索南扎西说完，放下东西，骑着摩托车走了。

待摩托车的声音远去之后，卓嘎打开大门，看见门口台阶上散乱地放着几个安全套。被阳光照着的塑料套有点儿刺眼，蔫不拉几的。她赶紧把安全套收起来，装进怀里，端着水去了母羊前面，站在刺眼的大太阳底下，抬头看太阳。

天空中太阳很刺眼地照着。

卓嘎又低头看盆子里的水。

盆子里的水剧烈地晃动起来，她的脸也在水面上晃动起来，显得扭曲变形，渐渐地，她的脸在水面上四分五裂了。

62．卫生所。内。日。

周措大夫戴上手套，准备给卓嘎做手术。

她开始消毒手术工具。

达杰和江洋急促地进了卫生所。

卫生所小手术室关着的门一下子打开了。

达杰出现在门口。

达杰脸上一脸惊奇的表情，看着前面。

手术台上卓嘎已经叉开腿做好了手术的准备，周措大夫和一个护士在忙前忙后。

达杰被眼前的这一幕惊呆了，一动也不动，慢慢眼里流出了泪水。

江洋看着手术台上的母亲的样子，突然说：阿妈，你把肚子里的孩子生下来吧，爷爷生前对我最好，我想让爷爷回到家里。

卓嘎看着达杰和江洋不说话，渐渐地，她的眼里也涌出了眼泪。

63．家。内。夜。

达杰家里人在喝茶，但屋子里停电了，一片漆黑，谁也看不见谁，只能听见彼此间粗重的喘气声。

黑暗之中，传来了尼姑香曲卓玛的声音：今天已经四十九天了，明天我想带姐姐去寺院。

屋里一片死寂，没有人回应她。

64．家。内。清晨。

墙上挂着《和睦四兄弟》的传统画。

屋子里还点着一盏酥油灯，光线有点儿昏暗。

昏暗的光线里，尼姑香曲卓玛和姐姐卓嘎在收拾东西。

收拾到一半，尼姑香曲卓玛问卓嘎：阿姐，你真没看到那本书吗？

卓嘎想了想说：你别再想这事了，书上都是瞎写的。

尼姑香曲卓玛：我只是想看一下，我可能误会了一些事情。

卓嘎再次想了想，然后说：书上写的都是瞎编的，你不要当真。

香曲卓玛还在看着她，她就干脆说：那本书我已经烧掉了。

尼姑香曲卓玛有点儿失落的样子，在想着什么。

卓嘎就一边收拾东西一边说：我现在觉得你当了尼姑也挺好的，至少比现在的我好！将来要是有机会，我也想当个尼姑，那样，就没有太多牵挂了。

尼姑香曲卓玛看着姐姐不说话。

卓嘎看了一眼尼姑妹妹之后又说：你就忘了那些事吧，我希望你今生弃绝所有这些念想。

尼姑香曲卓玛依然看着姐姐，眼眶已经湿润了。

65．门口。外。清晨。

天刚蒙蒙亮，卓嘎和尼姑香曲卓玛在门口，还有一辆三轮车也停在门口，三轮车上装着尼姑化缘化来的东西。

她俩的身影很迷离，犹豫不决的样子。

江洋、达杰、两个小孩出来送她们。

卓嘎小声对江洋说：不要担心阿妈，阿妈没事的，你在学校要好好学习。

卓嘎的声音像是来自另一个世界。

江洋点了点头。

最后，江洋突然说：阿妈，你不会像阿尼那样在寺院当尼姑吧？

卓嘎怔了一下，看着江洋，没有说话。

达杰和两个小孩也看着卓嘎。

这时，尼姑对卓嘎说：阿姐，该走了。

卓嘎看了看他们，上了车。

尼姑对三轮车司机说：师傅，可以走了。

司机发动三轮车，发出“突突、突突”的声音，沿着小路离开了。

尼姑和卓嘎坐在三轮车后面的车栏上看着江洋他们，江洋他们也看着三轮车渐渐远去。

66. 县城。外。日。

达杰骑着摩托车，捎着江洋和老母羊，行驶在县城的马路上。

67. 牲畜交易市场。外。日。

达杰和江洋牵着那只养肥的老母羊走在交易市场。

许多贩子过来看母羊。

羊贩子：羊来了。羊来了。

他俩被羊贩子们团团围住了。

羊贩子：好好好。

羊贩子把羊拉走了，顺便把达杰也拉走了。

贩子们跟达杰讨价还价。

羊贩子：你要价多少？你说说。

羊贩子和达杰在袖子里讨价还价。

羊贩子：这个有点儿高了，我给你这个价钱。

达杰：不成。

羊贩子：那我再加一点儿。

旁边的一个屠夫问：他要多少？

羊贩子在袖子底下捏了捏屠夫的手，说：他要这个价。

屠夫：有点儿高。

羊贩子：有点儿高吧。

其他羊贩子在羊上左捏捏，右抓抓，一忽儿又抱起母羊掂量掂量，一忽儿又捏捏母羊的脊梁骨，一忽儿又扒开母羊的嘴巴看看，弄得江洋很不舒服。

羊贩子拉住达杰的手，说：先等等，你帮我们说个中间价。

屠夫袖子里抓住达杰的手，说：你要多少？

羊贩子满意地说：羊不错。

达杰捏了捏屠夫的手。

屠夫反过来捏了达杰的手，说：就这个价吧。

羊贩子：怎么样？

屠夫：这个价就可以。

羊贩子：好吧，成交。成交。

最后成交了。羊贩子给达杰数钱。

羊贩子：来来来，咱俩生意成了。好。

羊贩子拽着母羊走了。

达杰突然看见远处有几只被绳子拴着的等待被屠宰的羊在无望地向这边张望，一个屠夫正在旁边剥一只羊的皮，一些羊在看那只被屠宰的羊。

羊贩子正把羊往一个栅栏房方向拉。

达杰突然过去说：我的绳子。

羊贩子停下来回头说：你的绳子啊？大买卖都成了，还计较这个。

达杰：绳子。

羊贩子：绳子你真要吗？

达杰很坚定。

羊贩子想了想说：拿三十块钱来！三十块钱。

达杰：二十。

羊贩子：不成。二十不成，三十块。三十块钱你可以拿走。

达杰不假思索地从刚刚卖羊的钱里抽出三十块，给了羊贩子。

羊贩子：嗯，好。

羊贩子接过钱，解下绳子，递给达杰。

达杰胡乱地把绳子拿在手里，慢慢地去了摩托车旁边。

江洋发呆地看着旁边的一个屠夫砍肉。

达杰：你还不走吗?

江洋看了一下父亲，走过去了。

屠夫在不停地砍肉。

68．学校门口。外。日。

达杰和江洋在学校门口停下来。

门口有很多家长来送孩子。

达杰从刚才卖羊的钱里抽出几张给了江洋：你自己进去报名，阿爸就不进去了。

江洋站着，没有接父亲手里的钱，犹豫了一会儿之后又说：阿爸，我跟你说个事。

达杰：什么事?

江洋：我不想念书了，我想跟你回家。

达杰瞪着江洋：你说什么?

江洋：我不想念书了。

达杰：你再胡说，我就生气了。

江洋看了看手里的钱，一动也不动，一副忧心忡忡的样子。

达杰：你不要顾虑家里的事，好好念书就行了。快去报名。

江洋只是点头，没有说话。

达杰发动摩托车离开。

江洋呆呆地看着父亲离去的方向。

69. 街上广场。外。日。

达杰反戴着帽子，眼神迷茫，站在一个广场里，抬头看一座很大的文成公主像。

他慢慢地走过去，坐在这座雕像前面喝酒。

天空下起了毛毛细雨，达杰的表情很复杂。

70. 街道小商品市场。外。日。

达杰在一个商场里转悠了一会儿。

里面有很多人买东西，也有小孩在玩耍。

他从商场里出来时，发现门口有许多彩色的气球。

达杰向那个摊位走过去，在摊位前停住了。

达杰看着摊主手里的各色气球，不说话。

摊主停止叫卖，好奇地看着他反戴着的帽子。

最后，达杰突然说：我买气球。

摊主：你要哪个?

达杰：两个大的，红的。

摊主一下子挑出了两个红色的大气球。

71. 路上。外。日。

达杰骑着摩托车行驶在土路上。

两个红色的气球在摩托车的车把上飘扬着。

72. 草地。外。日。

达杰骑着摩托车，从一个山坡后面出来了，上面还挂着红色的气球。

两个小孩在远处放羊。

达杰看了看他们，喊：孩子们。

他俩看见摩托车车把上的红色气球就跑了过来。

达杰停下摩托车，等他俩过来。

二弟高兴地说：阿爸，你回来啦。

两个孩子很兴奋：今天你给我俩买气球啦。

他俩很快就到了摩托车前。

他俩兴奋地看着飘扬在车把上的两个红气球。

达杰边解车把上的气球边说：是啊，今天买了气球。开心吗？

两个孩子同时说：开心。

达杰解下车把上的两个红色气球给了他俩，说：给，去玩吧。

两个孩子拿上气球，说：好。

达杰：下午早点儿赶羊回来。

两个小孩：好的。

他俩拿着气球跑起来。

二弟看了看三弟的气球，说：是不是你的大一点儿？

三弟也抬头看了看：你的大。

二弟：肯定你的大。

三弟又抬头看了看，说：好像我的大一点儿。

二弟有点儿失望：我的比你的小一点儿。

这时，二弟的气球"嘭"的一声爆掉了。

二弟低头找了找地上的残留，说：我的气球爆了。

又抬头看了看三弟手上的气球，说：我玩下你的。

三弟开始跑，说：不行。

二弟去追他：我玩下你的。

三弟拼命地跑：不行。

他俩开始争抢另一个红色的气球。

二弟：我玩下你的。

三弟：不给你玩。

他们互相追赶着，越过了一个沙丘。

突然之间，那只红色的气球从他俩手中脱落，从沙丘后面飘向了天上。

两个孩子张大了嘴巴，仰着头看那个飘向天上的红气球。

气球正缓缓地往天上飘。

73．一组镜头。

达杰靠着摩托车抬头看天上。

江洋在校园里背书，突然感觉到了什么似的抬头看天上。

尼姑和卓嘎在一座桥上抬头看。

德本加老师也在黑板边抬头看天上。

达杰的朋友在羊圈里抬头看。

周措大夫在卫生所院子里抬头看。

多杰嘴里吹着哨子，靠着铁丝网抬头看。

74．天空。外。日。

那只红色的气球在空中慢慢飘升，越来越高，越来越小，最后消失不见了。

剧　终

扫描二维码，观看精彩片段

扫描二维码，观看精彩片段

扫描二维码，观看精彩片段

扫描二维码，观看精彩片段

扫描二维码，观看精彩片段

扫描二维码，观看精彩片段

扫描二维码，观看精彩片段

[人物访谈]

他们一直就是那样真实地活着的

万玛才旦 × 何平

何平（著名评论家、南京师范大学教授）：我们还是从你的工作现场开始吧。你的工作是无法用通常的“跨界”来指认的，因为我们无法说你是从文学跨入电影，还是从电影跨入文学，你在这两者之间的旅行是自由和无隔的，用一个不恰当的词来说，你是一个彻底的“双生双栖者”。那么，我的问题是，小说和电影对于你而言，仅仅是不同的艺术形式，还是根本上就是不同的认识和把握世界的方式，以小说和电影的方式与世界相遇，抵达的是世界的不同部分；或者你也可以说，在你的世界里，小说和电影干脆就是一件事。

万玛才旦：我觉得是不同的艺术形式而已，通过这两种方式都可以感知和了解这个世界，我不敢说认识和把握这个世界。这个世界中可能我们未知的部分太多，知道的可能只是冰山一角，可能连一角都算不上。

何平：或许，向着世界“未知的部分”掘进是文学和艺术存在的理由吧。对一个作家和艺术家而言，能够感知和了解的可能也确实如你所说，只是“一角”，但正是这些无数的“一角”构成了人类文学和艺术丰富的拼图。以中国当下文学为例子，我留意到现在几乎所有谈论你的观点都离不开你的族裔身份。但从我的观察来看，少数民族族裔身份，在今天的中国文学和艺术里有时候恰恰是一种制约。举一个最简单的例子，我们的各种传播方式只要涉及“民族问题”都会变得小心翼翼。因此，我认为今天我们讨论“民族”，哪怕只是与文学和艺术相关，都是不充分的。这种不充分对文学和艺术其实是一种伤害。我不知道在这个问题上你的感受以及如何影响到你的“表达”。

万玛才旦：作为一个创作者，我确实希望自己的身份能够去“族裔”化，去“地域”化，还原为一个客观的、纯粹的创作者的身份。但是，有时候我觉得所有的创作都是一种带有“制约”的创作，似乎在某种“制约”之下你才能艺术地创作。确实，目前这种中国特色式的“制约”对艺术创作的伤害是显而易见的。我觉得鲁迅的一句话挺好：“植物被压在石头下面只能弯曲地生长。”

何平： 还是文学和艺术的“民族性”。“藏地”文学艺术的民族性不仅是一个文学地理学的问题。中国当代文学艺术的“藏地”（我没有使用行政区划的“西藏”，因为“藏地”是一个远比“西藏”大得多的空间）的审美独特性得以被辨识，在相当长的时间是“颂歌”加“风情”，比如才旦卓玛演唱的歌曲。因此，至少在二十世纪八十年代中期扎西达娃、马原等小说的“藏地”发现之前，我们印象中文学艺术的“藏地”是和政治啮合在一起的，包括汉族画家陈丹青的“西藏组画”。现在还没有多少资料能够充分揭示这些有着典型时代特色政治性的文艺表达之外，那个时期是否还有其他能够代表“藏地”的文艺存在。简单地说，就是类似当代汉语文学的“潜在写作”在“藏地”存在不存在？那么，二十世纪八十年代，扎西达娃和马原他们那批所谓魔幻现实主义和先锋写作，其实是提供了另一“藏地”的艺术想象空间。他们这次的“文学地理”发现，对中国当代文学产生了很大影响。其中，“隐秘”是一个中心词。这种“隐秘”的“藏地”一直到二十世纪九十年代出现的阿来，都有着一脉相承的倾向。除了阿来，像《藏地密码》这样的畅销读物也是走的“隐秘”的路数，但阿来的小说在“文明”的维度之外多了当代政治反思的维度。放在这个简单化的谱系上识别你，你的“个人性”很明显。因此，“民族性”具体到每一个“个体”可能有着很大的区别，这种内部的区别有时候可能不比内部和外部的区别小。你是如何认识你自己个体的“这一个”的？

万玛才旦：你又自觉不自觉地把我归类到那个概念当中了。但是，我跟他们又不一样，我笔下的藏地可能更日常更世俗，通过我的文字或影像，你会觉得作为人，本质上和你们也没有多大区别。我可能更了解他们作为人的最细微的情感方式。

何平：是啊，“归类”貌似可以在共同性中找寻区别性，让某些混乱无序变得有迹可循，变得简单清晰。但某种程度上，这种已经成为定式的规范化学院训练和研究范式，对于直觉的艺术感受是有局限的，甚至是有伤害的，就像你意识到的，我一边在怀疑“族裔”身份对于理解你的创作可能带来的粗暴的“简化”；另一方面，“族裔”身份又确实可能使得我们在一个文学艺术谱系中给你“恰当”的定位和命名，并且获得对你的“差异性”观感和价值判断。可以想见，“族裔”身份和我刚才所描述的“藏地写作”的当代文学艺术谱系还会不断用来谈论你。不过你的提醒可以让人重温阅读你的小说和观看你的电影时获得的“第一现场”的直觉，而不是后来建立在“学科史”经验上的“第二现场”的理性。我读你的小说和看你的电影，打动我的确实不是民族性的风景风俗风情，而是人的日常生活和日常生活之下潜藏的朴素人性。今天，随着交通的便利，地理意义上所谓“人迹罕至的地方”成为旅游推广的噱头。我觉得传媒时代对藏地的误解反而加剧了。无论是“风光片”，还是微信朋友圈的美图秀都在制造出一个“不真实”的藏地。因此，你的小说和电影的反抗性有着针对这些“不真实”藏地想象的意义。虽然，由于语言和文化的差异会有许多误读，但我还是愿意去倾听你们这些来自民族内部的作家与艺术家的“声音”，因为只有你们可能最靠近民族的心脏，并且能说出来。换句话说，告诉我们一个真实的“民族”，包括批判和反思，你有理由完成得比“他者”的眼光充分。

万玛才旦：这种误解可能来自于想象中的对于藏人的神话式或者不食人间烟火式的美化，当某一天发现现实中的藏人和你一样具有七情六欲，一样现实地活着的时候，你心里就不愿意了，就失落了，说他们不该是这样的呀，他们怎么就变成这样的了。其实他们一直就是那样真实地活着的，只是你不了解罢了。关于这点，一些藏族古典的文学作品其实早就有非常生动细致深入的描写，比如《米拉日巴尊者传记》等。

何平：对，“他们一直就是那样真实地活着的”。就像我读你的小说，像《嘛呢石，静静地敲》里死去的刻石老人、《乌金的牙齿》中转世活佛乌金、《寻找智美更登》中一直蒙面的少女、《塔洛》里放羊的塔洛……他们一直就是那样真实活着的人。风景风情风俗的民族性和地域性当然和人之间有着彼此塑造的“影响”，但当下文学艺术中涉及藏地时，对风景风情风俗过于夸张夸饰的强调，事实上已经妨碍到文学艺术可能抵达的人性省思和艺术探索的深刻和高度。

你的小说和电影一定意义上是藏地普通人的史诗。从当下传播的角度，电影可能比小说更强大。你的电影也有藏地的天空、河山、寺庙，但这些没有仅仅成为“景观”，在《老狗》《静静的嘛呢石》，甚至最早的《草原》，你的风景是心理的。我觉得你的风景恰恰对应着藏人内心的沉默，无法言说。对，我觉得，你电影中，像《老狗》和《静静的嘛呢石》中的老人、《塔洛》中小辫子塔洛的“沉默”，有一种动人的力量。是不是我们进一步猜想，你的“说出”其实恰恰是藏族“说不出”

的部分、“沉默”的部分。

还有，你的电影，特别是《老狗》《寻找智美更登》《塔洛》中的小镇都是正在被建造中的。我留意了下，你这些电影，不但有酒吧、KTV、派出所、照相馆、发廊等空间，而且“工地”是你反复出现的一个场景，还有拖拉机、摩托车不停驶过的尘土飞扬、积满污水的街道……这些风景和“空间”是你的“藏地”的重要结构元素。你更关心人间日常和行进变化的藏地，即便是“神”，也是和人相关的，比如《静静的嘛呢石》里的寺庙和小活佛。

万玛才旦：我的电影只能说是展现了藏区的一个点，飞速地变化着的藏区的一个点，不可能是全部，但是我希望这个点带出的是藏区的一个面。你从这个点看到了藏区当下的一部分现实，他们的生存状况、他们的生活方式、他们的情感、他们的日常，这也就够了。虽然电影能表现、承载很多的东西，但是在当下，我能做到的就这些。

何平：你和其他藏族作家不同的地理空间，以及你们开始文学和艺术实践的时代等因素，会给你们的创作带来怎样不同的影响？

万玛才旦：可能就是杂，体现在我身上可能就更杂。

何平：你是一个出入藏汉文化的双语作家，以你对藏族写作的了解，存在不存在一个被我们过滤掉的还没有被打开的文学艺术意义上的“藏地”？换句话说，现在浮出水面的文学艺术的“藏地”只是其中的一部分？

万玛才旦：我觉得在文学艺术中浮出水面的永远只是一部分，是我们能够感知或者感觉到的那一部分，别说是一个族群、一个区域，哪怕是一个人，我们也很难穷尽地去把他表现出来。在这里，我不太明白“藏族写作”是什么意思？

何平：不好意思，“藏族写作”是“藏族作家写作”的笔误。绕了半天，我似乎又回到了“族裔”身份。这也说明，很多时候我们自身的限度已经成为我们观察世界的限度。好在就像我自己感受到的，当我切实地进入阅读和观看你的小说和电影的情境，这些限度在“文学”和“艺术”的审美力量面前自然地被化解和脱落。

你好像不习惯标注你小说的创作时间，这给研究者“编年史”式阅读之后对你创作风格的演变做出判断带来困难。但你二〇〇四年做电影之后，你的“人物对话”结构式小说的风格日渐显明，这和早期的《诱惑》《流浪歌手的梦》有很大不同，这种不同不只是形式或者叙事策略方面，对情感的处理，包括世界观都有很大的变化。一直到《寻找智美更登》，你的小说都有着结构表层意义上的“抒情性”，但到《塔洛》《普布》《第三年》，这种抒情性成了一种潜隐内敛的张力。从另一种角度来说，你也从传统和现代的外在冲突，深入到大变动时期的民族隐痛和不安。这一点可以在你的电影中明显感觉到，像《草原》中的那种天、人以及人的内在秩序和谐已经完全被你自我否定了。无论是《老狗》里的老人勒死自己的藏獒，还是《塔洛》应对一个全然陌生的世界，人都是无力和微弱的。在当下，一个艺术家选择直面这种“无力感”，内心要承担的痛苦不会比他塑造的人物少。

万玛才旦：每个人物身上可能都有我的影子，但他们又不是我。他们都是独立的个体。在写作中，他们所要面对的就是我在现实中需要面对的，他们需要承受的痛苦就是我需要承受的痛苦。我觉得我和每一个角色都分不开。

何平：回到小说，我觉得你的小说有一部分是汉语小说无法兼容的，它来源藏族的民间叙事传统。我留意到你翻译过一本西藏民间故事集，甚至你用藏族的“尸说”，写过“尸说新语”，你的小说《第九个男人》也有“尸说”体的影迹。说白了，藏语不通，对藏文化也知之甚少，读你的小说，即使已经翻译成汉语，也是一个“他者”，我能读到的只是所谓“人类性”的部分，但我以为“人类性”的共识不是取消民族差异性的理由。即使从文学生态多样性来说，也要对这种多样性充分尊重。其实，识别你小说和电影的“民族性”传统和对传统的转换和呈现，以及通过不同语言的翻译留存，一定程度上可以丰富其他语言和文明的文学艺术。所以，我想问的是，你觉得你小说的艺术资源来自于哪儿？

万玛才旦：毕竟还是汉语小说，它的文本、它的叙述经验只能对汉语言和汉语文学起到丰富和建设的作用，而不是对我的母语及母语文学，所以从这一点上，讲我又是矛盾的。如果纯粹从丰富和建设藏语文学和语言的层面上讲，我应该更多地写藏语的文学作品，而不是其他语种的。但我这样的处境在无意中让我“窃取”了一种艺术资源，使自己的作品具有了不一样的特质。

何平：是的，这种“不一样的特质”如果既有的文学惯例无法“兼容”，我们恰恰要以宽容包容待之。“丰富和建设”，正是我们想象中的汉语文学的新的可能性，而这种可能性，对于你这个具体的作家而言，如你所说，某种程度上是“窃取”了一种艺术资源。就我的观察，你“窃取”之后，不是通过简单地搬运或者嫁接，刻意制造出一个装置感强烈的“他者”，而是能够超越民族、地域、文化等等的人为设限，把文学的还给文学，电影的交给电影。

《气球》：意象、故事与困境

万玛才旦 × 索亚斌

营造开放、丰富的解读空间

索亚斌：在拍摄成电影之前，《气球》这个故事已经出现在您的小说集里面了。电影和小说之间是什么样的关系、这个故事创作的缘起又是怎样呢？

万玛才旦：大概是我在北京电影学院上学时的一个秋天，我去中央民族大学，在中关村那边，看到街上飘着一个红气球，觉得那个意象特别美，特别有电影感。之后我就开始展开想象，慢慢就联想到了白色的“气球”。因为小时候也经常能遇到或听到这样的事情，就是孩子把大人用的避孕套吹成“气球”来玩。有了这样一个关联，故事就成形了，没过多久我就把剧本写出来了。剧本写得挺快的，先是想到的结尾，就是这个红气球最后飘走了，越来越远，几乎消失了。然后从结尾往前想，将这个意象跟藏区现实产生关联，就有了这个故事。那时候计划生育政策还没有放开，剧本里面有些情节设置可能稍微有点儿直白，当时没有审核通过。但是我很喜欢这个故事，觉得那样有点儿可惜，就根据剧本的故事改成了小说，之后小说发表在了广州的《花城》杂志上。后来计划生育政策放开了，我在原剧本的基础上又做了一些调整，就通过了，然后就拍了这部电影。在这个过程中，从原始的剧本到小说，再到新的剧本，故事文本也有一个逐渐丰富的过程。主要情节、主要人物从一开始都在，但是在这个过程中更加丰满了。比如尼姑的相关情节得到了强化，加强了情感线，加了她前男友那个中学老师的形象，还有前男友写的那本叫《气球》的书，让尼姑的故事和她姐姐的故事有一个互相的对应和参照。

索亚斌：我在看电影的时候，联想起以前看过的俄罗斯导演米哈尔科夫二十世纪九十年代初在中国内蒙古拍的《套马杆》，也讲了一个跟避孕套相关的生育故事。《气球》的创作，有没有受到这部电影的影响？

万玛才旦：我知道这部电影，但是没有受到什么影响。

索亚斌：和您以往的作品相比，我能在《气球》中看到一些比较明显的变化。比如，虽然以往作品中的主人公也有家庭，但是不会像《气球》中的主人公这样，有个如此庞大的、人口众多的家庭。而且影片中用了非常多的篇幅来展现他们的日常生活，可以说，有着一种前所未有的热气腾腾的人间烟火气。

万玛才旦：对，这个故事需要设置比较多的人物，否则故事就不成立。比如藏区一个家庭可以生三个孩子，但不能生第四个。这样主人公就必须要有三个孩子，其中有两个是比较小，还有一个较大的孩子要去县城上中学，这样就会面临经济方面的压力等等。故事中还必须得有一位老人，老人去世了，他们才会面临现实与信仰的抉择问题。还有尼姑妹妹的形象，她过往的情感经历和现实中姐姐的困境能相互映衬，形成一种矛盾和反差。其实原来在剧本里还有一个辅线，一个跟藏族民间故事有关系的辅线，后来因篇幅长度等原因就去掉了，稍微有点儿可惜。那个辅线中涉及的是很经典的藏族民间故事《和睦四兄弟》，讲的是一个寓言故事。大象、猴子、兔子和鹦鹉四个动物，先后来到一片非常美丽的草地，草地上有一棵高大的结满果实的树。他们四个想要结拜为兄弟的时候要分出长幼，就讲起各自初次来到这个地方时的情景。大象说他来到这里时这棵树已经结出了果实，兔子说他来到这里时这棵树已经长高了但还没有结出果实，猴子说他来到这里时这棵树很小只有些枝丫，鹦鹉说他来到这里时这棵树还只是一颗小小的幼苗。他们就根据这先后顺序分出了长幼。这个故事和电影剧情有一些参照与呼应。大儿子江洋从学校回来，要和两个弟弟排练这个节目，人数不够，就拉着爷爷来演里面的大象，爷爷还在抱怨我演大象怎么倒成了最小的了。后来爷爷去世了，四兄弟就缺了一个。将来如果母亲卓嘎能够把孩子生下来的话，和睦四兄弟的故事就圆满了，否则就是缺失的。

索亚斌：如果电影里面保留了这个寓言故事的话，可能会多少改变一些我的观影体验。比如说，可能会加重我希望最后这个孩子能生下来的情感砝码，但也可能会相应地削弱母亲卓嘎作为核心人物的感觉。电影中父亲达杰的戏份似乎更多，开篇和结尾都是以他作为视点人物，但是母亲卓嘎所面临的困境和心理上的纠结才是最有力量的，才是电影想要表现的最核心的东西。这一点也是您以往电影作品中没有的，以往作品中女性角色都相对较弱。

万玛才旦：还是跟这个题材本身有关系，我也不是故意往女性角色或女性主义方面靠。题材决定了故事的走向，也决定了人物在故事里面的位置，这样一个故事重点自然就会落在卓嘎的身上，通过比较大的篇幅讲她的困境、纠结，还有她的一点抗争意识的觉醒。所以我们在演员的排序上也是有考量的，扮演卓嘎的索朗旺姆是第一主演，扮演达杰的金巴是第二主演。

索亚斌：电影中，卓嘎面临自身问题时，意外怀孕后想去做人工流产，态度很坚决，有比较强的反抗传统观念的抗争意识。但是为什么她在面对妹妹香曲卓玛的问题时又显得那么保守？她坚决反对妹妹和前男友再有任何形式的接触，看到妹妹似乎有一点要动“凡心”的苗头，马上就全力压制下去。感觉卓嘎这个人物的行为有些矛盾。

万玛才旦：对，这个人物的设置就是这样的，她是一个充满矛盾的人物。因为在藏区，信仰已经深入人们的心里，作为这个群体中的一个个体，她有了一点觉醒，对自身的命运想要有一点反抗，肯定会陷入一种两难的困境和纠结中。在她身上体现出的这种矛盾，跟她从小生长的藏区文化环境或者说宗教环境有密切关联。如果是在其他地方，这样一个女性，她可能就不会陷入这样一个两难的困境中，她的抉择就不会有那么大的压力。

索亚斌：卓嘎的觉醒与抗争，是否可以更多理解为女性自我意识的觉醒？她想要争取本就属于自己的权利，要掌握对自己身体的控制。就像电影中女医生周措说的那样，“咱们又不是天生就为了给男人生孩子才来到这个世上的”。

万玛才旦：也不是那种完全自主的觉醒吧。在藏区，那种自主的觉醒我觉得还不是特别可能。随着很多外来文化和现代观念的影响，她身上的女性意识可能会逐渐地觉醒，但是最终促使她抗争的应该是综合因素，可能外在的压力、经济方面的压力所占的成分要更大。这方面也做了一些铺垫和交代。

索亚斌：在人物对白中，也有一些暗示，比如他们家养了那么多羊，可是偶尔才能吃到羊肉。

万玛才旦：比如不能再生小羊的母羊就要卖掉，给大儿子上学交学费，等等。他们有三个小孩，两个小的很快也要上学了，如果再生一个，经济压力肯定就更大了。但是丈夫达杰不管这些，他身上的传统观念更加根深蒂固，肯定要不惜任何代价，全力保住这个被认为是父亲转世的卓嘎还没有生下来的孩子。

索亚斌：卓嘎到底有没有做人工流产？从小说到电影，最后都没有给予一个非常明确的说明，有一种暧昧的模棱两可之感。我的一个学生就认为，卓嘎已经做了手术，最后妹妹要带她去寺院是为了赎罪。

万玛才旦：也可以那样理解。但实际上在当时那种情况下，这样的结果是不太可能的。如果卓嘎已经打胎了的话，丈夫达杰的反应肯定会更激烈。现在这样的结果，就在传达他们其实已经达成了某种和解，虽然看起来是一个开放的结局，确实也有很多不确定性。

索亚斌：如果用理论化语言来总结概括，非常容易会把这部影片读解为，主人公在以转世轮回的宗教观念为代表的传统意识与避孕人工流产这样的技术手段为代表的现代规范与制度之间的纠结与挣扎。也就是说，表现了传统与现代之间的矛盾冲突。但是我在您以往电影作品的访谈中就看到过，您特别不喜欢这种二元对立式的僵化的读解方式。这一点可能也体现在对《气球》结尾的处理上。

万玛才旦：对，肯定没有那么简单。可能不同文化背景的观众，最终对这个开放式结尾的解读也不一样。藏区的观众看了，会认为卓嘎最后会决定把孩子生下来。对藏区的历史文化、宗教、现实有更多了解的观众，可能也会认为卓嘎最终会选择妥协。汉族地区或其他一些地域的观众可能会认为卓嘎会有一个抗争，最终会把孩子打掉之类的。但我希望这不是一个非此即彼的结尾，希望它有一个更开放的、丰富的解读空间。

看似平淡的内容下暗藏极大信息量

索亚斌：在《气球》这部电影里，我没有找到故事情节发生的特别明确的具体时间标志。有一个地方，一家人在看电视时，电视节目里提到了世界上首例试管婴儿诞生，我查了一下，那已经是 1978 年的事情了。只有一个模糊的大致时间范围，没有具体的年代，这一点和您上一部作品《撞死了一只羊》有些类似。

万玛才旦：我们在海外放映《气球》的时候，因为观众对故事背景不是特别了解，所以会有一个文字介绍，说这个故事大概发生于二十世纪九十年代中期。我们也针对这个时间定位做过一些调研，包括片中出现的手机款式、摩托车的型号，还有标语的设置等。虽然时间上有些模糊，但也还是有比较具体的特定年代特征，这个故事不可能发生在计划生育政策实行之前或者政策放开之后，不然就不成立。《撞死了一只羊》在时间上就更模糊一点，因为它故事本身的寓言性，所以不想把年代背景的信息很清晰地传递出来，这样会更有可信度。

索亚斌：和小说相比，电影中增加最多也是改变最大的，是有关妹妹香曲卓玛的情感经历。在小说里，感觉香曲卓玛就是一个非常单纯非常虔诚的信徒，似乎没有经历过什么太大的生活变故。来自青海的学生告诉我，说香曲卓玛的身份应该叫“觉姆”，不叫“尼姑”，但是我发现您还是使用了“尼姑”这个称谓。

万玛才旦：这是因为“觉姆”这个词在汉语里还没有那么普及，还不像“喇嘛”这个词那么广为人知。其实对“喇嘛”这个称呼也有不同的理解。像藏区，喇嘛就是“上师”的意思，我们一般会称呼“活佛”“仁波切”为喇嘛，但不会用来称呼一般僧人。“觉姆”一词在藏区之外，可能只有佛教徒尤其是藏传佛教徒才知道，而小说和电影还是要面对更广泛的读者和观众，所以用了“尼姑”这个称谓，就是为了把这个信息传递得更清楚。其实在藏语里，她的名字和普通人是有区别的。一个信徒受了比丘戒的时候，上师会给他一个新的名字，这个名字是跟宗教有关的法名，从此俗世的名字就停止使用了。俗名和法名，藏人是能分清的。电影中妹妹的名字叫“香曲卓玛”，听到这个名字的时候，藏区观众基本就知道她是尼姑了，但是不懂藏语的观众不知道。

索亚斌：在《气球》的小说中，妹妹香曲卓玛的人物形象相对扁平，而在电影中更加丰满。但是这种“丰满”在一定程度上是颠覆性的，她不再单纯活泼，而是沉默静穆、不苟言笑。在她与别人只言片语的谈话中，虽然具体的细节还不太清楚，但是观众能够感觉到，她不是一个从小到大一直循规蹈矩遵守传统的人，她好像也曾反叛过，而且这种反叛失败了，以至于在今天她其实还是带着痛苦在进行赎罪。

万玛才旦：处理好尼姑妹妹的形象，更能对照和凸显出姐姐的那种情感纠结状态。在小说的故事里，姐姐最后的出走，就已经是她纠结心理的一种暗示了，但是在电影里面我觉得那样可能还不太够，所以就强化了妹妹这条线，包括她前男友——老师这个形象也是原来没有的。但同时我又觉得，不需要把妹妹的感情经历讲得那么明白、细化。观众通过她和前男友的再次相见，通过各种信息的暗示，基本上会猜到她跟这个老师之间可能有过一段怎样的情感经历，当下的她可能还不能完全放下那段感情去一心向佛。她和那个中学老师的过往可能被写在了那本叫《气球》的小说里面。隐藏在她身上的很多故事，观众也许能大概还原出来，比如她可能也曾经怀过孕，然后又打掉了。这些在她的一些台词里其实有暗示，比如她对姐姐说你千万不能犯下我曾经犯过的错，说杀生是最大的罪过。这些信息并没有展开讲，不是特别明显，但是应该可以传递给观众一些信息的。

索亚斌：虽然妹妹的台词和戏份都不算多，但是在很多貌似简单的对话和细节里能够感觉到，暗藏了很大的信息量。妹妹曾经有过一段轰轰烈烈又惨淡收场的感情经历，到现在既不堪回首又纠结难忘。

万玛才旦：对，她的情感应该是比较曲折。她以那样的口气劝姐姐，也是跟她自身的情感经历有关系的，就是说她其实还在纠结自己的过往，不能完全放下。她也是因为曾经的孽债，才去皈依佛门当了尼姑。所以当她姐姐面临这样的问题时，她就会劝说，尤其从佛教的角度讲转世为人的不容易，劝姐姐千万不能做这样的事情。她和那个中学老师之间的过往，其实也做了一些暗示和交代。中学老师把他们之间的情感经历写成了书，但可能还是不知道尼姑曾经怀孕然后把孩子打掉的事情。

索亚斌：这部影片整体看上去，有一种朴素平淡的写实质感。但是如果仔细分析的话，又不尽如此。一方面如刚才所说，平淡的内容下潜藏着很多信息，另一方面，片中还出现了几处明显具有超现实意味的场景段落。这些超现实的段落，是否可以理解成是片中某个人物的梦境？

万玛才旦：其实每一处的设计都不太一样。比如一开始达杰去借种羊的时候，他和朋友一起喝酒，朋友喝醉睡着了，然后达杰看着窗户外面，这时候外面开始打雷下雨，完全进入了一个超现实画面，有点儿像幻觉，这是在为后面剧情发展在情绪上进行铺垫。第二个超现实场景就是捉痣的那个，看上去很荒诞的一个片段，但又是对转世轮回这种观念的一些反思。这个情节的设置是从一个很写实的场景直接进入一个超现实的场景的。在超现实的场景里两个弟弟把象征着转世轮回的痣从哥哥身上取下来了，然后拿在手上在沙漠里跑。

索亚斌：在这个超现实的场景里，大儿子江洋是穿着衣服的，而两个小孩子光着屁股没穿衣服，似乎也可以理解成他们的内心世界还是“赤条条无牵挂”，还是一片纯净，没有受什么观念的影响，所以他们可以把代表着转世轮回观念的痣取下来随便玩。这一段从机位角度的设置看，不像是两个孩子的梦境。

万玛才旦：对，其实这个地方也不算是一场梦，是故事中的人物自然地进入到了那样一个状态。那场戏我们拍了很长时间，我们选择的场景是在一片荒漠里，完全看不到其他东西，两个孩子一直跑向远方，然后就消失了，大儿子很茫然地看着，镜头推过去之后出现了一片湖，和之前的荒漠形成一个反差。

索亚斌：这个场景和结尾处两个孩子玩红气球的场景有些相似。

万玛才旦：它跟前后都是有关联的，都是有设计的，结尾的场景也是在一片沙漠里面。

索亚斌：葬礼那场戏也有一个超现实的场景？

万玛才旦：对，就是爷爷去世后大儿子江洋的梦境。之前的情节里有铺垫，说爷爷对他最好，他心里放不下爷爷。爷爷去世、出殡路上，这个孩子就进入了那样一个似乎是梦境的场景里。在黄昏的青海湖边，夕阳刚刚落下，云的色彩瑰丽多姿，水面有倒影，像是在另一个世界里，爷爷在水面的倒影里缓缓地走着。

索亚斌：爷爷手里好像还捧着什么东西。

万玛才旦：是转经筒。小孩看到了爷爷的倒影，就追过去，然后爷爷消失了，完全找不见了。其实在这个场景里还有一些意象化的设置，比如在老人消失的地方，湖边有一匹马在吃草。马的形象在整部电影里是没有出现过的，让马在梦境中出现，和现实中的摩托车等现代交通工具形成一个对照。

索亚斌：这和您之前《老狗》中的设计有些相似。在《老狗》里，父亲进城是骑着马，象征着一种传统的生活方式与观念，而儿子进城则是开着摩托车，象征着现代观念所带来的无法逆转的改变。

万玛才旦：对，《老狗》里面的那种对照还是很明显。但在《气球》这种对照没有那么明显了。电影里面的交通工具基本上是摩托车、汽车等现代交通工具，以往的传统交通工具比如马完全消失了。其实在拍摄的时候，草原上也能够看到马的，但为了强化那样一种变化，我们都有意避开了，只是安排在梦境里面出现了一次马。另外，这样一个超现实段落的安排，跟藏传佛教对死亡的认识也是有关联的。在西藏，有一本古老的书叫《西藏度亡经》，就是通常所说的《西藏生死书》，讲的就是佛教对死亡的认识。据《西藏度亡经》描述，人死亡后会进入一个七七四十九天的中阴。度亡经就像一个向导一样，引导亡者走出中阴阶段，使灵魂获得解脱。所以在爷爷去世后，安排了这样一个超现实的段落。

索亚斌： 有看过的观众评论说，这部影片内在观念是批评传统的宗教意识，听您刚才的解释不是这么简单。

万玛才旦： 也不能说是批评吧，应该是一种反思。这种反思可能从《静静的嘛呢石》开始一直都有。像《寻找智美更登》就是在反思佛教的一些核心的精神，比如慈悲、施舍、关怀等。所以电影通过一个在路上的故事，遇见各种人、各种事，反观这样一种精神传承到当下的一些变化和状态。在电影里面也安排了一个活的智美更登。智美更登在传说中是一个可以把自己的眼睛、妃子、孩子都无条件施舍出去的人。但现实中的这个智美更登，在他身上这种精神其实也发生了变化。他虽然也要把自己的妻子施舍给别人，但前提是他征求过妻子的意见，妻子同意之后，才做出施舍的决定。这样一种精神传承到当下，外在和内力、内里都发生了一些变化。

将意象与故事紧密关联

索亚斌：有评论说《气球》代表了您迄今为止电影创作的最高艺术水准，我也认可这种说法。相对而言，您之前的很多电影作品，可能更倾向于让观众更多地从一种意象化的角度去读解、去阐释。如果没有读出其中的隐喻和象征意味，可能对故事本身就比较难接受，会觉得比较沉闷或晦涩。而《气球》这部电影本身有个特别丰满的故事，同时把写实化的情节和超现实的元素结合得很好，观众即使没有意识到要去读解更深层的含义，故事本身也足够打动人。在视听语言上，《气球》有一种融会贯通之感，粗看上去好像没有那种可以明确辨识的风格化特征，比如像《塔洛》那样的黑白影像，那些刻意安排痕迹很重的构图和符号化的道具，或者像《撞死了一只羊》那样反常规的 4 ： 3 构图，以及高度雕琢的华美色彩与影像。《气球》在视听语言上的可贵之处，在于一方面能够有效而流畅地讲述故事，同时又不失精致和读解趣味。您之前电影作品中所具有的一些风格元素，也都收放自如地运用其中，比如通过前景的遮挡和阻隔来对同一画面内的人物进行分割间离，通过对色彩的控制与变化来营造意象等。似乎经过前面几部电影在不同向度上的尝试与磨炼，《气球》找到了一种更成熟的表达方式。

万玛才旦： 我的选择还是从作品、故事本身出发，对我而言没有刻意转变一说，完全是根据内容选择的某种形式。《气球》也是，我觉得它是表现人焦灼不安的状态的，所以我和摄影师商量，主体用手持摄影拍摄。手持的感觉能凸显人物那种内心不安的状态，能把人物在现实里的焦灼感很强烈地凸显出来。如果像《塔洛》或《撞死了一只羊》那样用固定机位，人物的状态就很难凸显出来。不同的内容，形式的选择是很重要的，形式选择对了就能更好地把内容体现出来，形式其实也是内容的一部分。

索亚斌： 我在中国传媒大学有一门课叫“最新电影研讨”，您的作品《塔洛》上映的时候，就曾经和学生一起讨论过。记得当时大家读解的热情特别高，把电影里的种种具有象征意味的元素都挑了出来，像机位角度、构图、影调、人物造型、道具等等。相比之下，《气球》就没有那么密集化的意象。

万玛才旦： 也有，但可能没有那么刻意地去设置。像《塔洛》里很多意象或可读解的符号，会在设计场景的时候就设置进去。《气球》里的意象更多是放在故事里，跟故事产生关联。

观众读到了就读到了，读不到就错过了。比如气球这个意象，电影以白“气球”开始，以红气球结束，红白气球其实是故事的两个核心意象。还有种羊其实也是一个重要的意象设置，它跟人的行为形成了很大的反差：人的生育是有节制的，多生了就不行；而动物必须得多生，多生有益，生不出来反而要被卖掉，这个意象设置是很明显的。

索亚斌：电影最后，红气球飘到了天上，不同场景中的所有人都在仰望。这个场景应该怎么读解？

万玛才旦：这个设计其实剧本里没有写，但是后来拍的时候我们想把几个关联的人物都放到片尾，让他们一起看这个气球，从不同空间看，好像所有人都看到这个气球逐渐飘走，越来越高，几乎消失了，似乎每个人心里都有一个期待，包括那个女医生周措，包括用哨子换气球的那个小男孩。在现实情境里，不太可能大家都同时看到。但通过这样一些镜头的组合，似乎让他们同时看到了一个跟他们有紧密关联的意象。

索亚斌：读解“气球”这个意象时，也可以和那幅精心设计的电影海报联系起来。在电影海报上，红气球遮挡在女主人公卓嘎的身前，好像就是她怀孕的肚子一样。已经有藏区的学者受您的启发，在学术性文章中用气球来指代避孕套了，我看您在微博上也转发了。电影的结尾，是不是可以这么理解：气球指代的是避孕套，而避孕套指代的又是一种现代文明下的规则与秩序。这种规则和秩序最后以意象化的形式飘在天上，看上去很遥远，但其实居高临下，笼盖众生无所不在，每个人都身处其中无法逃脱。

万玛才旦: 这样解读挺好，那样一种规则和秩序无处不在，和所有人都有关联。

精彩评论

[精彩评论]

气球：生命的共振

木卫二

二〇一九年的第三届平遥国际电影展，如果有一份用来参考的场刊打分，那么，“影展之最”单元的《气球》，应该会拿下最高分。

《气球》和另外一部好评如潮的《热带雨》，令不少影评人直接质疑起欧洲大电影节的选片人口味。平心而论，它们完全具备进入主竞赛单元，与其他国家影片一较高低的资格水准。尤其是《气球》，许多人都表示，它是万玛才旦的大成之作。

平遥电影宫门厅，每天晚上都有不同主题的沙龙酒会。看完一天的电影，人们说话交流的欲望，显然比喝的酒要多得多。这是电影节的乐趣与魅力所在。有天晚上，我在高脚桌旁，目睹一位外国电影人，正在跟朋友展示一本绿皮书——

原来是万玛才旦的短篇小说集《乌金的牙齿》。书被翻到扉页，上面有万玛才旦的藏文亲笔签名。

书是从电影宫的新浪潮书店购买的，加急从外地采购进货的其中一本（总共只有二十多本）。《气球》首映之后，它们被抢购一空。书店负责人 Sally 相当懊恼，“早知道应该多进几批”。

影迷很容易在电影宫撞见喜爱的电影人。不过，面对温文尔雅、话不多的万玛才旦，他们大概很难套出什么电影秘密。他把想说的话都藏在了那片遥远的地方，同时又是近在咫尺的银幕上。

我是在十月九日中午从成都搭飞机抵达太原，再赶赴平遥参加的影展。

一出机场，工作人员安排我和一位女生同车。女生身形姣美，拉着一个很大的箱子，几乎是我箱子的两倍大。看起来应该是个演员。

路上下起了雨，能见度不好。我坐副驾，她在后排，司机专注地开车。大家看上去都有点儿累，并不说话。

后来酒会上经朋友介绍，我们才算正式认识了。她是《气球》的女主角索朗旺姆。

坐车时，我和索朗旺姆仅是点头致意而没有冒然去打招呼认识是有原因的。

二〇一六年，我在上海影城大堂转悠，看到人群中有个女演员，好像刚在电影里见过。一番决心，我走了过去，对着德姬说："……很喜欢《皮绳上的魂》，还有你的表演。"

德姬一下子显得很是尴尬："你认错人了。"

自那之后，我再也不敢嘲笑总是认错演员、有人脸识别障碍的好朋友吴觉人。巧合的是，德姬这次也是《拉姆与嘎贝》的女主演，她也来平遥参加了影展。

索朗旺姆在《皮绳上的魂》和《撞死了一只羊》都饰演了老板娘的角色。尤其是后者里的风情老板娘，一番与司机金巴的寒暄，话中有话，饶有趣味。

《气球》里索朗旺姆，人物角色与《撞死了一只羊》判若两人。她从烟雾缭绕的康巴酒馆走进了生火做饭的草原帐篷。正是在万玛才旦的指导下，索朗旺姆奉献了精湛的演出，《气球》同样可以视为她的演员作品代表作。

这次平遥影展，除了万玛才旦的《气球》和松太加的《拉姆与嘎贝》。WIP 单元还有德格才让的《他与罗耶戴尔》。十五年间，从万玛才旦在二〇〇四年拍摄短片处女作《草原》（他是第一位藏族电影导演），藏地电影全面开花，不断有后来者和年轻人接力而上。二〇一九年的平遥，它向所有人展示了开花期的全貌，特此记录。

问：《气球》是在什么地方拍摄的，片中取景地有无特殊意义？

答：多数场景是在青海湖边，部分场景是在我老家搭建的。除了故事气氛情景的需要，也希望比较贴合电影中的风土人情。

问：您创作这部作品的初衷是什么？有哪些表达方面的诉求？

答：初衷其实很简单。有一天我在中关村街上行走，看到一个气球在风中飘，这个意象给了我灵感，慢慢我有了一些创作的冲动，就有了这个故事的大概框架。我觉得是一个很好的电影题材，很快把剧本写了下来。

写完之后在北京备案了，没有通过。可能是因为剧本中的情节设计比较直接吧。再后来，我觉得可能拍不出来，就把剧本改成了小说。变成小说之后，很多方面变得更丰富了，放了一段时间后，我又把剧本拿起来做了一些调整，把一些直接的东西改得隐晦了一些，剧本再拿去备案就通过了，这样就拍成了电影。

我其实想讲的，就是灵魂和现实的紧张关系。在藏地，藏人是很看重灵魂的，我们认为人的灵魂是不会死的，是生生不息的。在当下，当灵魂遇到现实的时候，就会有矛盾吧。我想讲的是人的处境和困境吧。

问：导演这次在创作《气球》时有哪些新的艺术实践或探索？

答：这次整体还是以写实为主，在写实的基础上，加了一些梦境和幻想的意象。在表现方法上，与以往的创作不同吧。比如和《静静的嘛呢石》《寻找智美更登》《老狗》相比的话，《气球》在意象层面更丰富了。

问:《气球》不少段落风格化的光影也有很强的心理效果。您与摄影师就此是如何创作的?

答：充分地讨论，加上一种默契。

问：写作者的身份对您的电影创作有影响吗？您对文字语言与视听语言的不同有什么感受呢？

答：当然有影响。在很多方面对电影创作有很大的帮助，可以让你的电影在很多层面更加地丰富。文字语言和视听语言是两种不同的语言表述系统，很不同，各有特点。

问：《气球》入围威尼斯国际电影节，也是您个人第三次入围威尼斯国际电影节，有何感想？

答：也没什么特别的感想，有这样一个平台还是不错的，能把自己的最新作品带到三大电影节上去，通过这样的一个平台，让更多人看到电影，这是件很不错的事情。

问：影片中的现实，一方面是家庭的贫穷，另一方面是女性角色对传统生育观念萌生的反叛。您如何看待其中灵魂困境与女性困境的关系

答：在当下藏区，大部分女性一般都以一种很传统的形象存在，她们坚守信仰，忍辱负重。当因为各种外在、内在的因素，女性有所觉醒有所反叛的时候，她们所面临的困境可想而知。

问：如何选定影片目前的开放式结尾？（提示：《气球》

结束于一直作为“喻体”的气球转化为“本体”，真实出现在所有人的生活中，这有透露您在观察态度之外的立场或者期翼吗？）

答：根据故事发展的需要，自然而然就有了现在的这个结尾。不光是我个人，也是很多藏人希望超越那种现实困境的一种期翼吧。

读万玛才旦短篇小说集《乌金的牙齿》，专门跳过《气球》一篇。不为别的，想等等电影。

这次平遥国际电影展看完片子，赶紧补上小说。成片在结构上，气球的出现、徘徊和结局，与小说的发展完全一致。电影多出来了两个男性人物。是哪两个，不妨猜猜。

万玛才旦小说的一大特点，就是文字清浅凝练，充当了剧本的源头活水。从小说到改编剧本，再到定剪成片，外人很难衡量这个过程的转化效益。对于万玛才旦来说，从作家转行当导演，小说的文学底子是必不可少的。也难怪有人说，电影学院这几十年，除了培养出天才型的张艺谋和贾樟柯，接下来就是万玛才旦这种，他是带着东西进来的。这里的东西，指丰富的社会历练、特殊的藏地经验、具备自我观点，也包括他的作家身份。

从生之门，到死之海，《气球》可能是万玛才旦用情最多的一部作品。它升腾在火中，潜藏在水下，甚至飞上了天。还有人说，万玛才旦只是在奔往伊朗电影的路上，日夜兼程，疾驰而行。

这种情，有小孩子的气球恶作剧。特别演出的塔洛先生（演员西德尼玛），贡献了惊人的口水演出。不妨认为它是对情欲和东方人隐私的玩笑，是人情逗趣。

转世轮回的反复讨论，在万玛才旦多篇小说中不时出现，它联结了父子爷孙。异常有趣的是，看完《气球》的观众，如果接着看到陈哲艺的《热带雨》，不免会觉得，那只象征生育繁衍和下一代的红色气球，居然可以完成青藏高原到南洋雨林的旅行。

开场交代完毕，万玛才旦让电影镜头迅速进入到一个家庭的内部，描绘起藏地人家的世俗生活。此前的作品，万玛才旦更多把电影人物放置在寺庙、荒野和路上，与世俗生活和城市文明保持距离。

找种羊配种的男主、操持大小家务的女主、出家当尼姑的女主妹妹、念六字真言的老爷子、想要气球礼物而不得的两个小儿子，还有在县城中学寄宿读书的大儿子，围坐吃饭。这一家子，有七口人。还有一大群羊。

万玛才旦前作《撞死了一只羊》是一个抽象的带有挑逗观众意味的寓言故事。《塔洛》关于活在文明化外、几乎忘掉了自己名字的纯真牧羊人。《气球》则有父子三代情，家庭成员的情感脉络清晰可见。就连阿尼身上，也浮现出独立的情感线索。

万玛才旦沿用了《塔洛》（塔洛和发廊妹）和《撞死了一只羊》（司机和老板娘）的四位演员，营造出不同电影作品之间的镜像体验——另外一种转世轮回。

《气球》最惊人的表现，来自摄影的长镜头，用一气呵成并不为过。你会觉得，金巴扑入羊圈，抓起羊来就是那样厉害。阿尼回学校、阿尼火中夺书，更胜过凡人爱的箴言万千。尤其是烧书长镜头——那本关于我们不愿互诉衷曲的书就叫《气球》，阿尼不假思考，直接探手去火中取书的长镜头，直接击穿了我的心理防线。这就是真实的力量，让人毫无防备。片中的长镜头，还有阿尼入学校，老父亲出殡，都会形成一段完整的真实时间，将你带入人物的心理情境。

这些长镜头是连续且有感情的。你不难通过抓羊的运动去联想高原之家的生存状况。还有那避而不见、试图忘却的往日恋曲。阿尼一直压低着头，让自己的脸隐藏在红色僧帽的阴影下，只露出轮廓与线条。如此一番，观众的好奇心倒是上来了。日光底下的这两个人，过去到底是怎么回事。

阿尼的过去发生了什么，《气球》始终没有明说。但火中取书一段，令她旧伤未平，又添新伤。围绕那本书的几场戏（送书、烧书、探望），也就是阿尼一生的故事。只是我们不曾也没有机会去翻开它。

演员方面，两位女演员索朗旺姆和杨秀措的肢体语言都丰富到位。她们不需要开口台词，不需要设置强调戏剧冲突，身形与影子就仿佛在诉说她们的人生故事。她们的表现，已经在年度表演中属于佼佼者。很抱歉地说，大多数中国电影里的女演员，就连“形象”这一关都没有过。

索朗旺姆在《撞死了一只羊》中，是以暗情涌动的台词和撩人的表情特写取胜。这一次，她一直弓着身子，忙里忙外，又羞于开口说起避孕的事情。

杨秀措在出场之后，一直没有开口说台词。红教尼姑造型清奇。回想起来，依然不记得她模样，就像撞见一幅红色的印象派画作。这是藏地电影中都罕见的角色，有红尘未了又无可奈何的意思。

《气球》包含了导演过去作品的影子，也指向一些经典名片。一眼可见的，是《红气球》和《蒙古精神》。对依然沉浸在《撞死了一只羊》灵魂出窍体验中的影迷，《气球》把“不在此时、不在此地”的超验，再往前推上一步走。超现实镜头，交织了过去与幻想，奔丧与送行，于我个人都有强烈的触动。

生不生孩子，是个眼下话题，但在不同时代、不同地域又催生出荒诞悲喜剧。好比电影里不能生育产崽的老母羊，变成了一个累赘。再到松太加的《拉姆与嘎贝》，婚姻与孩子引发的麻烦，堪比阿斯哈·法哈蒂的家庭风暴。

《气球》不设太多距离，去拥抱一个人性、宗教与伦理的故事。我想，它首先是一个关于人的故事。

例如金巴饰演的男主角色，有观众要问，他是一个好父亲，还是一个坏丈夫？小儿子几次追问他，还没有从县城买气球回来吗。他都敷衍而过，跟朋友喝着大酒。

如同“气球”，种羊也是一个引发生存压力的事物。这一家人所在的境地，显然是到了要考虑多一张嘴就会有麻烦的地步。对于享受衣来伸手、饭来张口的独生子女世界，似乎很难理解讨要一个气球，需要磨蹭那么久，倒过来还去强迫妻子这啊那的。

无论如何，他在道歉和带回红气球的那一刻，我都认为，眼前这个汉子是真实、矛盾且丰满有血肉的。他是个尽职的父亲，正如他训话不想读书的大儿子。他可以像种羊那样能干，也愿意为了老父亲做尽孝之事。同样的事情，似乎也发生在妻子身上。她斩断阿尼残留在俗世的最后一丝念想，错过化解误会与道歉的决绝，与她无法控制自己的命运走向，不无关联。

只要带着愧疚，只要愿意认错，例如两位男性人物：高大的父亲与瘦削的小学老师。他们会因为犯了错而感到痛苦，但他们也希望能从错误中站起来。会犯错，能修正，带着忏悔，去做弥补。这才是人。

电影最后，两只气球的命运，不一定会超乎观众的想象。然而，气球居然有同时成立的两种象征。一种说法是，它们是爷爷与新生命，是明线。还有一种认为，它们是两个女性角色，阿尼和远走的母亲。两个女人身上的隐线故事，一个半开放的结局，我认为是《气球》的高明之处，它说出了命运自由和为谁而活的道德两难。这是万玛才旦从影十四年的大成之作。

木卫二：作家，影评人。曾任第 50 届金马奖、北京国际电影节注目未来单元、平遥国际电影展 WIP 单元评委。著有作品《独立日：用电影延长三倍生命》。

《气球》：万玛才旦的风格突变

王垚

首映于二〇一九年威尼斯国际电影节“地平线”单元的《气球》，在当年平遥国际影展收获广泛好评，并在当年海南岛国际电影节首次设立的竞赛单元中，获得最佳影片和最佳女主角两项大奖；二〇二〇年还获得上海国际电影节电影频道传媒大奖最佳导演和最佳编剧奖等。影片入围多个国际电影节展和奖项，比较重要的奖项包括二〇一九年日本东京银座电影节（FILMeX）大奖、印度果阿国际电影节（IFFI Goa，A类电影节）评委会大奖、美国芝加哥国际电影节最佳编剧奖等。此外，影片还入围二〇一九年亚太电影大奖（Asia Pacific Screen Awards：APSA）最佳导演、最佳编剧等四项提名。许多影评人认为，这是截至目前万玛才旦最好的一部作品。

纵观万玛才旦主要作品的电影节路线，可以发现他是典型的东亚导演登录欧洲的路径：处女作《静静的嘛呢石》走的是釜山—鹿特丹这条再经典不过的路线。此后，万玛才旦两次入围上海电影节主竞赛单元，《寻找智美更登》和《五彩神箭》各有获奖。而最近的三部影片《塔洛》《撞死了一只羊》和《气球》均入围威尼斯电影节的“地平线”单元，其中《撞死了一只羊》获得最佳剧本奖。这三部影片的电影节路线“上了一个层次”，最主要的是威尼斯—釜山这条线，可谓是亚洲知名导演的标准电影节路线。相对于《撞死了一只羊》选择在次年的北京电影节做国内首映，《气球》则走出了如今已渐成气象的威尼斯—釜山—平遥路线。一方面自然是因为平遥国际影展三年来口碑上佳，在电影节“亚洲月”中的地位巩固；另一方面也有诸多发行、制片等其他因素的考量。影片入围的其他节展和奖项，也印证了影片的优秀和独特。

与万玛才旦的早期作品，以及近期的《塔洛》和《撞死了一只羊》相比，《气球》的风格堪称“突变”。视听上的全新尝试，加上对女性处境的独特关照，使得该片在某种意义上可以视作是导演创作的一个新起点。

影片讲述青海藏区牧民达杰（金巴饰）一家的故事。因为两个小儿子淘气，把卫生所发放的避孕套当作气球玩儿，使得不想再生孩子的妻子卓嘎（索朗旺姆饰）再度怀孕。从上师到丈夫、大儿子、妹妹，甚至卓嘎自己都认为这个未出生的孩子是刚刚去世的达杰的父亲的转世。卓嘎尝试堕胎，但终于还是被丈夫和大儿子劝阻。另一条故事线则是卓嘎的妹妹，已经出家为尼的香曲卓玛（杨秀措饰）的故事，她来到自己的村里为整修寺院筹款，意外发现外甥的语文老师就是和她有过一段伤心往事的"前男友"，"前男友"还将她的故事写成了小说。卓嘎烧掉了小说，并阻止了语文老师和妹妹见面……

当然电影要比上述剧透有趣得多，万玛才旦的作品一向以文学性强而著称，这种"文学性"并不是脱离视听而存在的玄妙概念，而恰恰是在出色的视听基础上，通过巧妙安排情节点和信息，产生了如文学作品般丰富与暧昧的意义，以及引人入胜又发人深省的韵味。这些固然是艺术电影必备的特质，但万玛才旦的作家身份使得他建构意义和韵味的方式更接近于文学的逻辑。例如片中羊和人的有趣对应关系，影片一开始就是达杰去借种羊给自家母羊配种，并特地抓出了一只“两年没有产羔”的“没用的”母羊，准备卖掉去给上学的儿子做生活费；而苦于避孕的卓嘎则在女医生那里把丈夫比喻成种羊，而她恰恰想要的是“不再怀孕”。虽说按照戏剧或者电影的逻辑她一定会怀孕，但这次怀孕的意义却并不是如母羊怀孕那么简单。这种复杂的对应关系和层次丰富的意蕴，正是影片文学性的体现。

《气球》实际上有着一个高度戏剧化的故事，女主角卓嘎面临的问题：一面是家庭经济条件有限，大儿子在县里上中学，两个小儿子又正是淘气年纪，加上公公去世，再生孩子会使得她和整个家庭都会受到经济和精力方面更大的压力；另一方面，这个计划外的、未出生的孩子又“印证”了上师的关于公公“转世”预言，丈夫和大儿子更深信不疑，这就使得合乎情理的堕胎变成了一个必须被排除的选择。在这个两难选择出现之前，影片还用大儿子江洋被认为是他奶奶的转世这一细节来铺陈，加上卓嘎本人试图避孕的尝试，因此在医院里达杰和江洋恳求卓嘎不要堕胎的时刻，情感冲击和戏剧性既强烈又可信。此时，影片可谓是构成了一个阿斯哈·法哈蒂式的极端戏剧冲突，因为特定的宗教信仰（或民族习惯）而造成的两难选择，既具有社会话题指向（女性权利、经济状况），同时又只在这种独特的逻辑中成立。如果影片就在此刻结束，则堪称一个法哈蒂乃至达内兄弟式的“关键时刻”，事实上这个冲突可以拍得很戏剧化，但是万玛才旦的处理却十分轻灵，他把这个冲突放置在牧民家庭的日常、孩童淘气的细节，以及出家妹妹的情感纠葛中，并加上了余韵颇为悠长的“尾声”，显示出导演的独特风格。

前文所言及万玛才旦的“突变”，最重要的点正在于此。此前万玛才旦的影片中，从未出现如此强烈的戏剧冲突。这种情节剧化的尝试（不仅是卓嘎怀孕这条线，香曲卓玛的副线也是十足情节剧化的），也是对目前国际电影节“社会情节剧”（social drama）潮流的一种回应。这种潮流可以看作是现实主义电影方法的发展，在关注社会问题的同时，通过情节剧化的手法增加了影片的观赏性。其中法哈蒂这一脉络比较强调独特的社会文化，尤其是宗教信仰，并通过两难选择来极大地强化戏剧冲突，在伊朗及阿拉伯国家的电影中比较多见，也影响到欧洲和拉丁美洲的电影创作。从电影的社会功能角度看，这一脉络的电影显然要优于追求“普世价值”的作品，异质性的逻辑带来的并非是（东方主义式的）猎奇，而是一种理解其他文化和社会的入口，而情节剧则以“人同此心，心同此理”的方式将这种逻辑加以解释，并在情感上引导观众认同。

《气球》的另一个突破之处则在于对女性的关注。女主角卓嘎对自己生育权中“不生育权”的主张，是万玛才旦此前的作品，乃至少数民族题材的作品中比较少见的，是相当女性主义的议题。尽管这种主张更多地被统合在计划生育政策、经济原因的考量下，但我们仍能看到卓嘎本人的某种（并不彻底的）觉醒。然而，卓嘎对待妹妹及其“前男友”的方式，又是另一种压抑性的力量。她把那本小说丢进火中，并用谎言阻止了语文老师和妹妹的见面，不论是为了消除误会还是为了再续前缘都因此不再可能。这让她在某种意义上又扮演了一个内化了男权逻辑的压迫者角色。这样的人物写得相当高级，令人想起谢飞导演在《香魂女》中塑造的香二嫂：同样是被压迫和压迫者的一体两面，同样是有关欲望和生育的女性议题。这种变化是如此明显，使得《气球》比万玛才旦之前的作品都更加容易与观众共情。

此外，影片在视听体系上也有所改变。万玛才旦第一次在影片中使用以手持长镜头为主的摄影风格，同时对有大量弱光环境下的场景有着极为精细的把握，与其早期作品中较多采用的长镜头、《塔洛》中的黑白固定长镜头，以及《撞死了一只羊》中油彩式的画意摄影都有相当大的区别。导演在映后问答中谈道，他想通过这种视觉上的设计来传达片中所有人物的不安情绪，以区别于固定长镜头带来的压抑感觉。手持长镜头带来的效果是更加写实和对时空统一性的更好再现，比如片中给羊配种的段落、水沟两边吵架的段落，以及在市场买气球的段落，都完成得相当出色。而更强调人与环境或风景关系的段落，如奔丧和送葬两场戏，导演对低照度下光线的精确捕捉则令人赞叹。

当然，一定要提到的还有片中“火中取书”那场戏，扮演尼姑香曲卓玛的杨秀措确实是真的把手伸进了火中抓出了那本烧掉一半的小说，并因此烧伤，这是堪比朱丽叶·比诺什在《蓝色》中用手划墙那场戏的“献身式”表演。手持长镜头的视听体系也因为这场戏而得以成立，并变得十分必要，这也是影片的高光时刻，它有着十分珍贵的穿透银幕抵达真实世界的力量。

最后还是要再讨论一下如今渐成气候的“藏地新浪潮”（Tibetan New Wave）。按照万玛才旦的说法，这一术语首先是由美国西藏学（Tibetan Studies）研究重镇印第安纳大学在二〇一二年的万玛才旦回顾展中首次提出。目前内地媒体、影评人和策展人已经基本上接受了这个术语，但在内地学术界，这个术语仍处在讨论之中，毕竟在内地电影学的学术传统中，“少数民族电影”仍是最主要的分析工具。

目前对“藏地新浪潮”的归纳，主要强调创作者的藏族身份，以及作品的语言、题材、空间等方面的藏族元素。有论者称“藏地新浪潮”的主要特征是“首先是纯母语对白（主要是藏语青海安多方言），聚焦普通或是边缘人物的生存状态；在形式上多采取纪实化的美学风格；以及对于‘文化冲突’这一思想母题的坚守。”（晋美《关于“藏地新浪潮”电影的思考》，载《中国电影报》2019 年 12 月 18 日，第 6 版）。不过实话说，“藏地新浪潮”的有效所指在目前大概还是以万玛才旦为旗手和导师的青海藏区导演群，他们的创作与此前的“少数民族电影”在方法上的最大区别是，有意识地与国际电影节和世界艺术电影潮流进行对话，如万玛才旦早期作品中对阿巴斯的电影方法的借用等。在这个意义上，郁丹将万玛才旦的创作置于“跨国的西藏电影”脉络中的分析可能更加富有启示性。另一个方面，对“藏地新浪潮”的讨论或可沿用“第四电影”（Fourth Cinema）的分析方法——“由原住民拍摄、关于原住民和为了原住民”，在这个意义上讨论去奇观化的“文化身份”和“文化冲突”，可能带来完全不同的结论。就万玛才旦和《气球》的例子而言，作为核心场景的国际电影节展才是“藏地新浪潮”的要点所在。

王垚：电影学者、影评人，任教于北京电影学院。费比西国际影评人联盟（FIPRESCI）成员、亚太电影促进会（NETPAC）成员。担任北京国际电影节、海南岛国际电影节等国内外多个电影节展的选片人及节目策划。曾出任澳门、海参崴、富川、特兰西瓦尼亚、贝尔格莱德等国际电影节展评审。

扫描二维码，观看幕后花絮

气球 *Balloon*

主创信息

☆

出品人：赵晓雯 黄旭峰 万玛才旦 周茂非 魏健

制片人：黄旭峰 彭绮华

导演 / 编剧：万玛才旦

主演：索朗旺姆 金巴 杨秀措

摄影指导：吕松野

美术指导：斗泽东主

剪辑指导：廖庆松 金镝

音乐：裴曼·雅茨达尼安

录音指导：王硕

声音指导：杜笃之 吴书瑶

全球首映：2019 年 8 月 30 日（威尼斯国际电影节）

中国大陆公映：2020 年 11 月 20 日（全国院线上映）

获奖信息

☆

第 76 届威尼斯国际电影节地平线单元最佳影片提名

第 20 届东京 FILMeX 国际电影节最佳影片大奖

第 55 届美国芝加哥国际电影节最佳编剧奖

第 12 届荷兰亚洲电影节评审团最佳影片奖

第 20 届挪威特罗姆瑟国际电影节电影信仰奖

第 50 届印度果阿国际电影节评审团大奖暨银孔雀奖

第 13 届葡萄牙里斯本和埃斯托利尔国际电影节最佳影片奖

第 13 届波兰五味亚洲电影节最佳电影大奖

第 2 届海南岛国际电影节最佳影片、最佳女主角奖

第 23 届上海国际电影节电影频道传媒关注单元最受传媒关注编剧、最受传媒关注导演奖

出品公司

☆

北京盛唐时代文化传播有限公司
工厂大门（天津）影业有限公司
青海嘛呢石影业有限公司
文投控股股份有限公司
北京九州中原数字电影院线有限公司
爱奇艺影业（北京）有限公司

万玛才旦

电影导演，编剧，作家，文学翻译者。以电影和小说创作为主。

从 1991 年开始发表小说，已出版《诱惑》《城市生活》《嘛呢石，静静地敲》《乌金的牙齿》等多部藏、汉文小说集，被翻译成多种文字在海外出版，获得“林斤澜短篇小说奖”“青海文学奖”“花城文学奖”等多种文学奖项。2020 年获得“南方文学盛典（原华语文学传媒大奖）年度小说家”殊荣。

从 2002 年开始电影编导工作，主要电影作品有《静静的嘛呢石》《寻找智美更登》《老狗》《塔洛》《撞死了一只羊》《气球》等，获得意大利威尼斯国际电影节最佳剧本奖、美国布鲁克林国际电影节最佳影片奖、中国电影金鸡奖最佳影片奖、金马奖最佳改编剧本奖、华语电影传媒大奖最佳导演奖等数十项国内外电影大奖。

有度文化

北岳好书风

气　球

出 品 人｜赵　瑞　　选题策划｜刘文飞　　责任编辑｜刘文飞

复　　审｜陈学清　　终　　审｜贾晋仁　　书籍设计｜张永文

印装监制｜郭　勇　　项目运营｜有度文化·刘文飞工作室

投稿邮箱｜liuwenfei0223@163.com

微　　博｜http://weibo.com/liuwenfei0223　　微信公众号｜txsk2013_